www.tredition.de

AF198091

Erwin Stahl

Strandmelodie

Ein Usedom-Krimi

www.tredition.de

© 2021 Erwin Stahl

Verlag und Druck:
tredition GmbH, Halenreie 40-44, 22359 Hamburg

ISBN
Paperback: 978-3-347-29676-3
Hardcover: 978-3-347-29677-0
e-Book: 978-3-347-29678-7

Strandmelodie

Ein Usedom-Krimi

von Erwin Stahl

Mein besonderer Dank für das zum Buchcover gefertigte Gemälde geht an die Künstlerin

Pernille Støckler-Gathmann.

Das Wetter war sehr ungemütlich. Der Deutsche Wetterdienst hatte Windstärken von über Acht Beaufort vorhergesagt, die teilweise schon jetzt am Strand zu spüren waren.

Mit jeder Windböe schlug ihm feiner Sand ins Gesicht. Ein Blick in den Himmel ließ ihn erahnen, dass der Regen auch nicht mehr lange auf sich warten ließ.

Kai Tegge war das gewohnt. Was sollte ihm so ein Wetter schon anhaben können. Natürlich gab es die schönen und entspannten Zeiten im Sommer.

Besonders die Ostsee zeigte sich um diese Zeit harmonisch, ruhig und weich. Kleine Wellen kräuselten sich spielend und unscheinbar am Strand und luden Badegäste und Segler zum Vergnügen ein.

Aber Anfang Oktober musste man mit allem rechnen. Die See wurde rau und gefährlich. Wellen und Strömungen durfte man nicht unterschätzen. Nur erfahrene Menschen trauten sich nun noch mit ihren Booten hinaus.

Das war auch gut so, denn Kai konnte es nicht mit ansehen, wie viele diese Freizeitschiffer mit ihren aufgemotzten Segelbooten im Küstenbereich segelten, durch die Wind- und Wasserverhältnisse überfordert waren und häufig die Seenotrettungskreuzer oder Boote der Wasserschutzpolizei bemüht wurden, um die Havarierten wieder einzuschleppen.

Kai kam aus Ahlbeck, war Fischer in vierter Generation und kannte die Ostsee wie seine Westentasche.

Mit etwas über 60 Jahren, mittelgroß und recht korpulenter Figur, Wetter gegerbter Gesichtshaut, durch die sich viele Falten zogen, muskulös wirkenden Unterarmen und kraftvollen Händen war er einer der letzten seiner Zunft. Die Fischerei lag ihm im Blut, er kannte nichts anderes.

Kai konnte sich nicht erinnern, seine Insel jemals verlassen zu haben. Warum auch? Alles, was sein Leben ausmachte und er dazu brauchte, fand er hier.

Usedom und besonders das charmante Seebad Ahlbeck mit seinen kunstvollen Villen aus der Jahrhundertwende waren seine Heimat.

Die Fischer auf Usedom starben aus.

Im Laufe der Jahre wurden die Boote am Strand immer weniger. Viele erfahrene Fischer gab es nicht mehr und ihre Nachkommen konzentrierten sich eher auf den Tourismus oder Vermietung von Wohnungen als auf Fischfang. Die jahrelange Überfischung der Ostsee forderte ihren Tribut und immer neue EU-Bestimmungen schreckten viele Fischer ab.

Auch seine Söhne interessierten sich nicht mehr für den Fischfang, studierten in Berlin und Kiel und konnten sich für dieses Handwerk nicht mehr begeistern. Kai konnte das den beiden Jungs nicht verdenken und war dennoch traurig, dass die Familientradition bei ihm endete.

Seit seine Frau vor 2 Jahren an Krebs verstorben war, hatte er sich zudem vom Inselleben zurückgezogen.

Sein Lebensmittelpunkt befand sich in einer Bude in den Dünen zwischen der Promenade und dem breiten Strandabschnitt nahe der Ahlbecker Seebrücke.

Die war vollgepackt mit allem, was er zum Fischfang und zur Fischverarbeitung brauchte. Mit einem kleinen Bereich zum täglichen Verkauf an die Touristen oder Restaurants und Hotels. Mit einem Räucherofen, der jeden Morgen die Ahlbecker Fischspezialitäten hervorzauberte und ihm so seinen Lebensunterhalt sicherte.

Dazu ein Schuppen, der seinem Fischerboot überwiegend in den Wintermonaten Unterschlupf bot. Diese Bude kannte er, seit er denken konnte.

Sie war ihm von seinem Vater vererbt worden. Hier fühlte er sich wohl und hier wollte er irgendwann, wenn Gott ihn zu sich rief, sein Leben auch beenden.

Kai stemmte sich leicht gegen den Wind und lief über den Strand auf die „Seewind" zu, einem etwa sieben Meter langen Boot mit Holzrumpf und Einzelkabine. Das Boot war sein Schmuckstück, das er liebevoll pflegte und das er jetzt mit einem alten Trecker in die Fluten ziehen wollte.

Bei hohem Wellengang war er dabei oft auf die Hilfe eines Kollegen oder Freundes angewiesen, denn die Strömung war dann unberechenbar, sie spielte mit dem Boot.

Der Wind jetzt war zwar zunehmend, hatte die Wellen aber noch nicht aufgebaut, so dass er ohne weitere Probleme allein wassern konnte.

Der alte Trecker zog die „Seewind" vom höher gelegenen Strand so weit ins Wasser, dass sie nicht mehr auf den Sand aufsetzte. Kai warf den vorher im Trecker deponierten und mit dem Fischerboot verbundenen Anker ins Meer und wartete kurz, bis dieser sich festzog.

Dann trennte er das Boot vom Schleppseil, fuhr den Trecker auf sicheres Strandgebiet, lief, geschützt durch eine wasserdichte hohe Latzhose zur „Seewind" zurück, kletterte über die Reling und warf den Dieselmotor an.

Nach kurzem Spucken und Räuspern, gefolgt von einer kräftig dunklen Rußwolke, setzte der Motor mit sonorem Tuckern das Boot in Bewegung. Geschickt manövrierte Kai es in die Nähe der Ankerstelle. Er zog nach einem leichten Ruck das Tau und den Anker ins Bootsinnere und überließ seiner „Seewind" das Spiel mit den noch küstennahen Wellen, die sich spritzend an ihrem Bug brachen.

„Brave Lady…" murmelte er am Steuerrad in der Kabine. „Hast mich nie im Stich gelassen."

Kai Tegge hatte etwa eine Seemeile von der Küste entfernt einige Netze gesetzt und war nun gespannt, welcher Fang ihn dort erwartete.

Was für ein Mann!

Da stand er nun in seiner nackten Pracht vor ihrem Bett und sie konnte es kaum erwarten, dass er zu ihr kam und seine Zärtlichkeiten, die er nach einem gemeinsamen Essen und dem anschließenden Spaziergang begonnen hatte, intensiver fortsetzte.

Er sah gut aus. Durchtrainiert. Kein Gramm Fett zu viel.

Für sein Alter ein recht passabler Kerl und das, was sie zwischen seinen Beinen sah, bescherte ihr eine wohlige Gänsehaut.

Sie bekam, was sie wollte. Das hatte sie fast immer geschafft. Ihrem Charme konnten sehr wenige Männer widerstehen und ihrem Aussehen ohnehin nicht.

Sport war für sie eher ein Fremdwort. Trotzdem zeigte sich ihr Körper immer noch makellos. Ohne, dass sie dafür ansatzweise etwas tun musste. Eine Gabe der Natur an sie, während andere Frauen nach jedem Stück Schokolade um ihre Figur kämpften.

Die Gabe dieser festen und nicht zu großen Brüste, Cellulite freier Oberschenkel und eines strammen Hinterns betrachtete sie oft dankbar im Spiegel. Das gefiel den Männern und brachte ihr lustvolle Erlebnisse.

Auch dieser Mann würde für sie ein Abenteuer werden. Vielleicht nur für eine Nacht, vielleicht ein wenig länger.

Gebunden hatte sie sich nie, weil sie glaubte, nicht beziehungsfähig zu sein. Sie fühlte sich allein wohl, wollte niemandem Rechenschaft schuldig sein, war kaum kompromissfähig und konnte sich auf einen dauerhaften Partner an ihrer Seite einfach nicht einstellen.

Sie liebte dieses leichte und unbeschwerte Leben, in dem man sich gelegentlich mal etwas gönnen konnte.

So, wie jetzt diesen Mann, der mit erigiertem Schwanz vor dem Bett stand.

Wie hieß er denn gleich noch? Martin?

Seinen Vornamen hatte sie schon vergessen, aber das war ihr auch nicht wichtig. Natürlich würde sie sich nicht die Blöße geben und ihn danach fragen. Das konnte sie morgen nachholen, wenn sie zu ihm in die Praxis ging, um die Behandlungen fortzusetzen. Da würde sein Name bestimmt am Schild der Arztpraxis stehen.

Jetzt hatte sie anderes vor und ihre Lenden kribbelten mächtig.

Vor einigen Monaten erlitt sie eine schwere Bronchitis, die nie richtig abheilte und sich chronisch entwickelte. Ihr Lungenvolumen war eingeschränkt. Sogar kleinere Spaziergänge waren dadurch sehr anstrengend geworden.

Ihr Immunsystem war zudem nicht das Beste. Ständige Erkältungen und leichtere Fieberschübe hinderten sie daran, ihrer Arbeit als selbständige Unternehmensberaterin so nachzugehen, wie sie es wollte.

Mit Ende 30 noch viel zu früh, um durch so eine Krankheit in den Ruhestand geschickt zu werden. So entschloss sie sich zu einer Erholungskur an der Ostsee und landete auf Empfehlung ihres Hausarztes in einer Kurklinik in Heringsdorf auf Usedom. Als Privatpatientin und mit ihrem Einkommen konnte sie sich das beste Haus am Platz leisten.

Natürlich auch die besten Ärzte.

Einer von ihnen stand nun nackt vor ihr und bewegte sich schmunzelnd auf sie zu.

Das Aufnahmegespräch zum Kurbeginn in der Klinik führte sein Kollege. Ein schroffer, ungehobelter Kerl. Kurz angebunden und durch seine nuschelige Sprache kaum zu verstehen. Erfreulicherweise gab er offen zu, kein Lungenfacharzt zu sein und verwies auf einen Kollegen im Ort, mit dem die Klinik eng zusammenarbeitete.

Ein kurzes Telefonat des Klinikarztes, verbunden mit einem kleinen Spaziergang und dann saß sie dem Mann gegenüber, von dem sie in ein paar Minuten ein wahres Feuerwerk der Gefühle erwartete.

Ein sympathischer Arzt, der aufmerksam zuhörte und sich sehr intensiv ihre Lebensgeschichte anhörte. Ihn interessierte nicht nur ihre Krankengeschichte an sich. Nein, er wollte sich ein ganzheitliches Bild machen und erfragte ihren Lebensweg, um Bausteine für eine erfolgreiche Therapie zu finden.

Ihre Eltern waren früh gestorben. Sie wuchs bei ihrer einzigen, sehr wohlhabenden Tante in Hamburg auf.

In der Schule kam sie gut mit, es reichte zum Abitur und anschließendem BWL-Studium. Letztendlich auch zu dem Mut, sich als Unternehmensberaterin selbständig zu machen.

Ihre Tante verstarb vor ein paar Jahren und hinterließ ihr ein beträchtliches Vermögen, das sie unabhängig machte.

Eines hatte sie in diesem Leben nicht gelernt: Feste und dauerhafte Freundschaften zu schließen oder sich gegebenenfalls auf eine feste Partnerschaft einzulassen.

Natürlich hatte sie schon als Teenager erste Erfahrungen mit dem männlichen Geschlecht machen dürfen. Diese waren so positiv, dass sie immer neue und andere Wege ausprobierte.

Ihre Studienzeit durchzog sich mit dauernd wechselnden Partnern. Sie liebte dabei den ausgiebigen und intensiven Sex, trennte sich aber von allen Anwärtern schon nach wenigen Wochen wieder.

Es war einfach gut, sich selbst zu mögen und nicht an andere gebunden zu sein. Nein, Freunde hatte und wollte sie nicht. Die würden sie nur belasten.

Die tiefe Stimme des Arztes war einfach zu angenehm und beeindruckte sie sehr.

Seine große, schlanke Erscheinung wirkte elektrisierend auf sie. Als er sie bei der Untersuchung berührte, gab sie sich ihrem Gedanken und dem Wunsch hin, ihn besitzen zu wollen.

Gut, er war älter als sie. Man konnte das bei diesen attraktiven und gepflegten Männern kaum schätzen.

Dem Aussehen nach stufte sie ihn auf Ende Fünfzig ein. Genau der Typ Mann, den sie mochte. Er würde sicher unkompliziert sein.

Es kostete sie nur zwei Besuche in seiner Praxis.

Der Arzt konnte ihrem frechen Werben nicht widerstehen und der Funke sprang über.

Dem verabredeten Restaurantbesuch folgten wilde Küsse und leidenschaftliche Berührungen in einer unbeleuchteten Seitenstraße von Heringsdorf.

„Lass uns zu mir gehen. Ich habe da eine Wohnung, in der wir ungestört sein können." flüsterte er in ihr Ohr.

Dieses Angebot nahm sie nur zu gerne wahr, denn man würde in ihrer Kurklinik sofort bemerken, wenn sie mit einem Mann erschien und auf ihrem Zimmer verschwand.

Eigentlich wäre es ihr egal gewesen, aber sie dachte an die Blicke oder Gedanken der Angestellten hinter der Rezeption oder des Personals. Nein, sie wollte Spekulationen und süffisantem Lächeln aus dem Wege gehen.

Außerdem wollte sie sich diesem Mann leidenschaftlich und hemmungslos hingeben, das wäre in den hellhörigen Zimmern der Klinik kaum machbar gewesen.

Ach, dieser Mann war einfach ideal. Mit dem würde sie viel Spaß haben. Die Unternehmensberaterin wusste schon jetzt, dass der Kuraufenthalt wundervoll werden würde.

Hannes Wittkowski stand mit einem heißen Kakaopunsch in der Hand auf der Promenade von Zinnowitz. Er beobachtete das bunte Treiben an den vielen Ständen und weißen Zelten des dortigen Herbstmarktes.

Viele Kunsthandwerker stellten hier ihr handwerkliches Können unter Beweis und verkauften teils außergewöhnliche Produkte oder Gegenstände, die sonst kaum zu bekommen waren.

Er fand es schön, aus seinem muffigen Büro herauszukommen und die frische Seeluft zu genießen. Mal die vielen Ermittlungsakten, die sich auf seinem Schreibtisch stapelten, zu vergessen.

Seinen Kollegen teilte er beiläufig mit, dass er auf „Ermittlungstour" wäre. Die mussten ohnehin nicht wissen, dass er jetzt zur Entspannung hier auf dem Herbstmarkt war.

Hannes war für einige Monate zum Kriminalkommissariat Heringsdorf abgeordnet worden. Unter anderem, weil sich auf Usedom die Zahl der Diebstähle hochwertiger Fahrzeuge häufte.

Bisherige Erkenntnisse wiesen auf eine Zusammenarbeit deutscher und polnischer Banden im grenznahen Gebiet zwischen Usedom und Swinemünde hin.

Die Stammdienststelle des 42-jährigen Hauptkommissars lag eigentlich in Anklam, wo er im Dezernat für Kapitaldelikte gearbeitet hatte.

Personalknappheit und freundliche Bitten seiner Vorgesetzten führten dazu, dass er in Heringsdorf aushalf. Als ausgebildeter kriminalpolizeilicher Ermittler konnte er schließlich in jedem Bereich eingesetzt werden.

Usedom war für ihn reizvoll. Als Kind und Jugendlicher hatte er viel Urlaub mit seinen Eltern auf der Insel in der Pommerschen Bucht verbracht.

In seinen Erinnerungen waren die Seebrücken, der weite Strand und die Promenaden mit ihren herrschaftlichen Villen eingemeißelt.

Dass es für ihn nun zu einer Abordnung nach Usedom gekommen war, hätte Hannes so nicht erwartet.

Es gab allerdings noch einen weiteren Beweggrund, warum er dieser zeitweiligen Versetzung relativ schnell zustimmte.

Hannes hatte sich nach gut achtjähriger Beziehung von seiner Lebensgefährtin Sandra getrennt. Sie gestand ihm eine Affäre mit einem langjährigen Bekannten und wollte das Zusammenleben beenden. Die Trennung war unausweichlich, trotzdem emotional sehr belastend. So sehr, dass sich sogar die Leiterin seines Kommissariats Sorgen um ihn machte.

Sie hielt es aus fürsorglicher Sicht für sinnvoll und angebracht, durch eine zeitweise Versetzung nach Usedom Abstand zu seinem verkorksten Privatleben in Anklam zu bekommen.

Grundsätzlich wohl zu Recht.

Die Ruhe momentan tat ihm gut. Er war seiner Dienststellenleiterin sogar dankbar. Hannes wollte sich neu orientieren und positionieren.

Die beschauliche Dienstelle im Seeweg von Heringsdorf gefiel ihm bislang gut. Vielleicht konnte er sein Talent weiter einbringen und Chancen, das Kommissariat auf Usedom mal als Leiter zu übernehmen, bestanden in näherer Zukunft ganz bestimmt.

Außerdem mochte er die Menschen auf dieser Insel einfach gerne.

In den Wochen, die er nun hier war und sie kennen lernen durfte, empfand er die Usedomer zwar eher als zurückhaltend und verschlossen. Bei näherem Kontakt jedoch zeigten sie sich als sehr herzlich und offen. Freundschaften würden sich für den aufgeschlossenen Hauptkommissar bestimmt bald ergeben.

Der heiße Kakao wärmte ihn in dieser kühlen Witterung. Seine Hände umfassten den warmen Becher, sein Blick führte von seinem Standort an der Neuen Strandstraße vorbei über die Seebrücke auf die Ostsee hinaus. Einem interessierten Beobachter wäre er wohl als gedanklich leicht abwesender und sein Getränk genießender Tourist vorgekommen.

Doch Hannes war in diesem Moment nicht mehr so abwesend, wie es den Anschein hatte.

Sein ausgereifter Instinkt schlug plötzlich Alarm, forderte ihn auf, in dieser Position zu verharren, um nicht aufzufallen. Zudem aktivierten sich alle Sinne, um so viel wie möglich aufnehmen zu können.

Grund dieser auftretenden Unruhe waren drei Männer, die nur wenige Meter neben ihm am Tresen der Getränkebude standen und ein aufgeregtes Streitgespräch führten. Sie beachteten ihn gar nicht. Hielten ihn offensichtlich für harmlos und reduzierten die Lautstärke ihres Gespräches nicht auf die geringste Weise.

Der ältere dieser Männer war sehr auffällig mit einem Nadelstreifenanzug und elegantem Lodenmantel bekleidet. Noch auffälliger an ihm war sein blank glänzender Glatzkopf, der ihn mit seinem runden Gesicht und sehr kräftiger Figur zu einem Typ Boxer oder Wrestler werden ließ. Das Aussehen dieses Mannes bediente zudem das Klischee „Edelganove".

Die beiden jüngeren, vielleicht so um die 30 Jahre alten Männer wirkten dagegen durchschnittlich.

Aufgrund ihrer Kleidung erschienen sie eher unmodern. Die kantigen Gesichtszüge der beiden und ihre augenscheinlich selbst mit einer Schermaschine geschnittenen Haare ließen Hannes eine osteuropäische, wohl polnische Herkunft vermuten, was der harte Dialekt in ihrer Sprache kurz darauf bestätigte.

„Du hast gesagt, es gäbe keine Probleme und die Sache wäre einfach" zischte einer der jüngeren den Anzugträger an.

Dieser wirkte gereizt. Er entgegnete in verärgertem Ton: „Was willst Du denn, es hat doch alles funktioniert! Ich habe euch vorhergesagt, dass ihr an den Hund denken sollt. Der läuft manchmal auf dem Grundstück herum. Wo habt ihr das Auto hingebracht?"

Hannes konnte es kaum glauben.

Da saß er schon wochenlang an der Bearbeitung vieler verschiedener Fahrzeugdiebstähle, durchforstete die Akten auf Täterhinweise, las Zeugenaussagen und bekam trotzdem kein vernünftiges Bild von den Tatverdächtigen.

In diesem Augenblick stand er auf der Promenade von Zinnowitz, wollte eigentlich etwas entspannen und hatte ganz offensichtlich einen Teil der Bande vor sich, die für alles in Frage kam.

Der Gesprächsverlauf war mehr als eindeutig.

„Scheiße, was mach ich jetzt" überlegte Hannes.

Die drei waren ihm körperlich klar überlegen. Die breiten und wohl schon mehrfach gebrochenen Nasen der beiden jüngeren ließen erkennen, dass sie Erfahrungen mit Schlägereien oder sogar im Kampfsport hatten. Auch den eleganten, älteren Edelganoven wollte er nicht unterschätzen. Der sah zumindest nach regelmäßigem Kraftsport aus.

Was sollte er gegen diese drei ausrichten können, wo er doch vor Jahren nur die Polizei übliche Selbstverteidigung während der Ausbildung gelernt hatte und diese zwei bis drei Mal pro Jahr im Dienstsport auffrischte? Seine Dienstwaffe hatte er auf der Dienststelle in Heringsdorf liegen lassen. Wie dumm. Aber er konnte doch nicht damit rechnen, diesen Typen zu begegnen. Diese eigenen Unzulänglichkeiten ärgerten den Hauptkommissar. Er nahm sich vor, dass alles anders werden und sein Schlendrian eingestellt werden musste.

Hannes trank seinen Kakao langsam aus und konnte dabei dem Gespräch der drei Informationen entnehmen, die mit einem Fahrzeugdiebstahl vorletzte Nacht zusammenhingen. Er wusste, dass von einem Grundstück im Fischerweg in Bansin ein hochwertiger VW T6 Multivan gestohlen worden war.

Die Täter hatten dabei nicht mit einem Rottweiler gerechnet, der sie in seiner Eigenschaft als Hütehund zwar auf das Grundstück ließ und lautlos beobachtete, beim Öffnen und Einsteigen in den Multivan aber lautstark bellend protestierte.

Der Eigentümer wurde nachts von dem Krawall des Hundes geweckt. Er sah zwei Personen, die in seinen Wagen saßen und diesen vom Grundstück herunter in den Fischerweg lenkten. Der Hund verfolgte sie bellend, ließ von seiner Verfolgung jedoch bald ab.

Die spätere Polizeifahndung erbrachte nichts, zumal der Einsatzdienst auf Usedom schon seit Monaten unterbesetzt war und entsprechend wenige Streifenfahrzeuge besetzen konnte.

Ja, sie waren es. Sie redeten über Einzelheiten, die nur die wahren Täter wissen konnten. Der Glatzkopf gab ihnen sogar Anweisungen für ein weiteres Fahrzeug, das er in Ückeritz ausfindig gemacht hatte und welches gestohlen werden sollte.

Die Männer fühlten sich offensichtlich unbeobachtet. Sie waren einfältig und naiv, sich so lautstark zu unterhalten.

Hannes wusste, dass er so schnell keine Verstärkung durch Kollegen heran bekommen würde. In diesem Moment in ihrer Nähe sein Handy zu nehmen, wäre fatal gewesen. Ihm blieb nichts, als sich die Gesichter einzuprägen und ein paar Minuten zu warten, bis sich die drei voneinander trennten.

Der Glatzkopf lief die Neue Strandstraße Orts einwärts hinunter, die beiden anderen verschwanden seitlich in der Dünenstraße. Er folgte dem Glatzkopf in weitem Abstand und sah diesen auf einen großen schwarzen Mercedes der S-Klasse zugehen, der auf einem Seitenstreifen geparkt war.

Kaum war der Glatzkopf in die Nähe des Mercedes gekommen, sprang dessen Fahrertür auf. Ein schlanker, durchtrainierter junger Mann rannte um das Fahrzeug herum und hielt die Beifahrertür für seinen Fahrgast auf.

„Aha" dachte Hannes. „Der feine Herr hat einen Chauffeur!"

Sich das Kennzeichen zu merken, war für den geschulten Kriminalisten keine Schwierigkeit.

Endlich hatte er einen richtig guten Ermittlungsansatz.

Kai Tegge fuhr mit dem kleinen Kutter auf die verankerten orangeweißen Plastikbojen zu, die ihm anzeigten, wo ausgebrachte Fischernetze zu finden waren.

Sein Gesicht verzog sich zu einem leichten Lächeln.

Eine Boje lag recht tief im Wasser. Der daran befestigte aufrechte Wimpel tanzte nicht mehr so leicht im Wind umher, wie er es beim Ausbringen noch gemacht hatte. Es bedeutete unbestreitbar, dass ein größerer Fang zu erwarten war.

Viele Fische, die sich in den Netzen verfingen, zogen durch ihr Gewicht die Bojen herunter. Und das sah jetzt gut aus.

Kai verlangsamte den Motor, erreichte eine Boje, stoppte den Motor schließlich ganz und hielt sich an einem an deren Spitze angebrachten Tau fest. Er löste die Netzbefestigung und begann, das Netz Meter für Meter in die „Seewind" hineinzuziehen.

Für ungeübte Menschen wäre das keine leichte Aufgabe gewesen.

Das Fischernetz an und ins Boot hineinzuziehen, es ordentlich abzulegen und in weiterer gleichzeitiger Handarbeit den gefangenen Fisch aus dem Netz zu lösen und in den bereitgestellten Bottich zu werfen.

Jahrelange Erfahrung machte das Einholen dieses Netzes für ihn zur Routine.

Natürlich wuchs, wie wohl bei jedem Fischer, die Spannung und später Freude auf einen guten Fang.

„Nein" dachte Kai. „Ich könnte gar nichts anderes machen!"

Dorsch, Schlei, Zander, ein paar Barsche. So langsam füllte sich der schwarze Bottich im Boot. Doch das Ziehen des Netzes wurde beschwerlicher. Nur Momente später erkannte Kai, dass der Tiefstand der Boje einen anderen Grund hatte. Da hatte sich etwas verfangen, das schwerer als viele Fische zusammen war.

Es kam öfter vor, dass andere Bootseigner ihren Müll einfach über Bord warfen. Die Küstenfischer waren die Leidtragenden, denn der Müll verfing sich nicht nur, sondern machte auch die Netze kaputt.

Dieser Umweltfrevel ärgerte ihn immer wieder. Die vielen Müllsäcke, Plastikteile, Flaschen und Dosen, die sich in seinen Netzen verfangen hatten, konnte Kai schon gar nicht mehr zählen.

Dieses Mal schien es ein großer Müllsack zu sein, den er immer näher aus der See heraus zu sich heranzog. Er runzelte die Stirn. Nein, kein Müllsack.

Eine olivgrüne Plane. Länglich. Teils mit heller Schnur umwickelt. „Oh Mann" entfuhr es ihm spontan, als seine Gedanken beim Anblick dieses Fanges ungeordnet durcheinanderliefen.

„Lass es nicht das sein, was ich glaube!"

Aber genau das war es.

Das längliche Plastikgebilde schwamm nun, verheddert im Netz, seitlich an seinem Boot.

Kai schossen plötzlich so viele Gedanken durch den Kopf und er hatte guten Grund dazu. Vor etwas über 35 Jahren verlor er seine jüngere Schwester Sina an die Ostsee. Sie hatte damals mit ihrem Freund an der Seebrücke Ahlbeck gebadet, war von einer Welle mitgerissen und gegen die Holzpfeiler der Brücke geschleudert worden. Danach zog die Strömung sie auf die See hinaus. Sina ging unter und wurde nie wieder gesehen.

Trotz aller Suchmaßnahmen der Küstenwache sowie vieler befreundeter Fischer gab die Ostsee sie nicht wieder her.

Für die ganze Familie Tegge damals ein tragisches Ereignis. Auch für ihren Freund, mit dem sie sich verloben wollte.

Sina konnte nicht beerdigt werden. Dafür errichtete die Familie einen Gedenkstein, der an der Fischerbude in Ahlbeck angebracht worden war.

Bei fast jeder Bootsfahrt flüsterte Kai ein leises „Hallo Sina" auf die Ostsee.

Die Zeit hatte einige Wunden dieses Ereignisses verheilt. Dennoch vermisste Kai seine Schwester oft schmerzlich.

„Was wäre wohl aus diesem lebenslustigen Mädchen geworden, wenn es dieses Unglück nicht gegeben hätte?" überlegte er.

Nein. Natürlich konnte das hier nicht Sina sein.

Aber ihm war klar, dass es sich der Form nach um eine eingewickelte Leiche handeln musste. Leider blieb ihm nichts anderes, als sie in sein Boot zu ziehen.

Er hätte die Wasserschutzpolizei rufen können, aber bis die aus Greifswald zur Bergung gekommen wären, hätte es Stunden gedauert.

Kraftvoll zog Kai zunächst eine Seite des schweren Fangs über die feste Reling. Durch Nachgreifen an der Schnur konnte er schließlich den Rest ins Boot hineinreißen und ließ es stumpf auf die Planken fallen. Nur Sekunden später war ein fauliger Geruch wahrnehmbar, den er so nicht kannte. Das musste die Verwesung der Leiche sein, Fisch roch deutlich anders.

Er löste das Netz von der Plastikplane und ließ dieses nach Starten des Motors unter leichtem Anfahren wieder komplett in die Ostsee zurückgleiten.

Das Netzende wurde von ihm erneut mit der Boje verbunden. Er würde zwangsläufig später wiederkommen müssen, um es einzuholen.

Mit voller Motorleistung fuhr er anschließend auf die Küste zu. Über das Funkgerät seines Kutters verständigte der Usedomer Fischer die Wasserschutzpolizei von dem mehr als ungewöhnlichen Fang.

„Die Lady weiß, was sie will" dachte der Mann, als die Frau sich unter ihm räkelte. Sie war äußerst gierig und offensichtlich ausgehungert.

Kaum hatten sie nach dem Essen seine Wohnung erreicht, riss sie sich ihre Bekleidung vom Leib und setzte sich auf das breite französische Bett. Als er nackt auf sie zukam, vernahm er ihr genüssliches Schnalzen.

Gekonnt und ohne zu zögern ergriff sie seinen Schwanz. Mit appetitvollem Blick begann sie, ihn zu massieren. Sekunden später verschwand er tief in ihrem Mund. Schmatzend, mit wohligem Stöhnen umkreisten ihre Zunge und ihre Lippen seine Eichel.

Als er ihren Kopf in rhythmischen Bewegungen immer wieder zu sich heranzog, konnte der Mann erkennen, dass sie sehr viel Freude hatte. „Ja, so ist es gut!" dachte er.

„Gleich wird es Dir ganz anders ergehen. Aber hab erst einmal Deinen Spaß!"

Er schob sie auf sein Bett, drückte mit seinen Knien ihre Schenkel auseinander und blickte in glänzende Augen, als er seinen harten Schwanz mit einem kräftigen Stoß tief in sie einführte.

„Ich will ihn" gluckste sie. „Tiefer…boah…ist das geil!"

Sie umfasste seine Hüften und gab durch leichtes Heranziehen den Rhythmus vor. Ein Blick in seine immer verklärteren Augen verrieten ihr, dass er sich hemmungslos hingab. Ihre Ekstase war nicht mehr zu bremsen. Der Mann war klasse und sie freute sich auf das, was noch alles kommen würde.

Seine Gedanken schweiften ab. Vermischten sich. Wurden unwirklich. Sein Herz erwärmte sich.

Sein Focus lag nicht mehr bei dieser Frau unter ihm, der es gefühlsmäßig um nichts ging und die nur mit ihm vögeln wollte, damit sie ihren Trieb befriedigen konnte. Er war bei einer anderen. Seiner großen Liebe.

Einer Geliebten, die für ihn alles und unendlich war.

Jedoch einer Beziehung, die endete, bevor sie richtig angefangen hatte. Dafür gab er sich die Schuld. Diese Schuld wollte er jetzt wieder gut machen.

Das Stöhnen der heißen Lady wurde hektischer. Die blasse Haut ihrer gut geformten Brüste bekam rote Flecken. Anzeichen darauf, dass sie höchstwahrscheinlich bald kam.

Das wollte der Mann noch nicht. Den Zeitpunkt des Endes bestimmte nur einer!

Er drehte sie mit ihrem grinsenden Einverständnis um, kniete sich hinter sie und setzte sein männliches Werkzeug an ihre mittlerweile nass glänzende Möse. Durch leichte Bewegungen spielten beide Körperteile miteinander. Ihr Rückwärtsdrang war zu spüren.

„Los jetzt, spieß mich auf!" flehte sie.

Mit einem tiefen Seufzer bedankte sie sich, als er erneut hart zustieß, ihre Hüften ergriff und immer schneller wurde.

„Jetzt, mein Liebes. Jetzt dauert es nicht mehr lange. Du wirst bald weitere Gesellschaft haben. Sie wird zu Dir kommen!" murmelte er für die vor ihm genießende Frau eher unverständlich.

Gleichzeit ergriff der Mann einen neben ihnen liegenden Gürtel. Diesen hatte er vorher fast zufällig und unverfänglich dorthin gelegt. Jetzt schlang er ihn blitzschnell um ihren Hals.

Die Überraschung und der Genuss seiner Stöße gleichzeitig ließen sie nicht klar denken. Sie mochte keine Sadomaso-Praktiken. Doch war sie mittlerweile in einem Zustand, in dem ihr alles egal war. Sollte er seinen Spaß haben und mit ihr anstellen, was er wollte. Hauptsache, er hörte nicht auf, sie zu stoßen.

Der Mann zog das braune Leder durch die Schnalle und somit den Gürtel um ihren Hals zu.

Gleichzeitig steigerte er die Zahl und Härte seiner Stöße. Sie begann zu würgen, ergriff zunächst mit einer Hand den Gürtel, wollte sich Luft verschaffen.

Als er strammer zog, nahm sie auch die zweite Hand zu Hilfe und fiel mit dem Oberkörper in das Kissen.

In der einen Hand den Gürtel und durch Druck der anderen Hand kontrollierte er ihre Position. Die Frau hatte keine Chance, sich aus dieser Lage zu befreien.

Ihr Röcheln spornte ihn an. Es würde nun nicht mehr lange dauern, bis er explodierte.

„Lass uns zusammen einen Orgasmus haben!" rief er laut und zog mit aller Kraft am Gürtel. Sekunden später erschlaffte ihr Körper, ließ der Widerstand nach, stellte sich das Röcheln ein. Und weitere Sekunden später zog er seinen erschlafften Schwanz aus ihrem Körper.

„Ich bring sie dir nachher, Liebes! Hab etwas Geduld!" murmelte er liebevoll.

Hannes Wittkowski war bei der Rückkehr zu seiner Dienststelle unsicher. Sollte er seinen Kollegen/innen von diesem eher zufälligen Erlebnis erzählen? Würde es Vorwürfe geben, warum er nicht sofort tätig geworden war? Hätte er einiges anders machen können, wonach es dann vielleicht zur Festnahme der drei Verdächtigen gekommen wäre? Welche Beweise hätten insgesamt vorgelegen, außer einem von ihm belauschten Gespräch?

Das war alles zu dünn.

Hannes hätte sich die eine oder andere Blöße geben müssen und so etwas wollte er nicht. Die ungewollte Begegnung mit den drei Verdächtigen eröffnete ihm jedoch diverse Ermittlungsansätze. Sie ließen in ihm einen Plan reifen, um die gesamte Bande dingfest machen zu können. Wenn ihm das gelänge, würde es auf Usedom bestimmt für einen langen Zeitraum keine Autodiebstähle mehr geben.

Was hatte der Glatzkopf auf dem Herbstmarkt in Zinnowitz gesagt? Die nächsten Autodiebstahle sollten in drei oder vier Tagen im Bereich Ückeritz über die Bühne gehen. Sie hatten es auf einen größeren BMW sowie einen als Wohnmobil umgebauten, hochwertigen VW T6 abgesehen.

Hannes blieb nun nicht mehr die Zeit, aus seinem Bürofenster in den nahegelegenen Park zu schauen. Der über Jahre entwickelte Automatismus seiner Ermittlungsarbeit ließ seinen Schreibtisch mit vielen Zetteln und Notizen anwachsen. Sein PC lief auf Hochtouren. Das EDV-Gerät spuckte Namen, Daten, Fotos und diverse Hinweise aus.

Es gab einiges dabei, an dem er sich festbeißen konnte. Das machte ihm große Hoffnung.

Die letzten Wochen waren eintönig und hatten aufgezeigt, dass er eigentlich unterfordert war.

„Das kann jetzt nur besser werden" dachte Hannes.

Es klopfte. Ein fröhlich grinsendes Gesicht blickte durch die halb geöffnete Tür hinein. „Was ist? Kommst Du nach Feierabend noch mit auf ein Bierchen in die Fischer-Stuben?"

Katrin Mewes war unter den Mitarbeitern des Polizeikommissariats Heringsdorf sehr beliebt und versprühte immer gute Laune. Die 28-jährige war direkt nach ihrer Ausbildung dorthin abgeordnet worden und seither für viele kriminalpolizeilichen Ermittlungen zuständig. Da es auf Usedom eher ruhig zuging, beschränkte sich ihr bisheriger Erfahrungsschatz auf die kleine bis mittlere Kriminalität und kam so über Diebstähle oder Betrugsdelikte kaum hinaus.

Ihre positive Ausstrahlung war für viele Kollegen/innen mitreißend.

Rötlich blonde, lockige Haare, hübsches Gesicht, enge Jeans und sportliches Outfit ließen manche Verdächtige staunen, wenn sie ihnen ihre Kriminalmarke unter die Nase hielt.

Hannes überlegte nur kurz.

„Hmmja, OK! Gib mir noch eine Stunde Zeit. Ich hätte da ohnehin noch etwas, das wir besprechen sollten.

Ein Bierchen in den Fischerstuben passt da sehr gut!"

„Jetzt machst Du mich aber neugierig." erwiderte Katrin und war schon wieder verschwunden.

Hannes hatte für sich beschlossen, Katrin als erste von seinem Erlebnis in Zinnowitz zu berichten. Er mochte ihre Art, schätzte ihre Spontanität und Intelligenz. Über Kurz oder Lang musste er seine Kollegen/innen einweihen und wollte bei Katrin anfangen. Warum nicht bei einem Bier?

Schließlich gab es ihm zudem die Gelegenheit, diese hübsche Kollegin noch näher kennen zu lernen.

Wieder ein kurzes Klopfen an der Tür. Dieses Mal zeigte sich Katrins Gesicht etwas hektischer.

„Wir müssen raus. Leichenfund am Strand von Ahlbeck. Außer uns beiden ist niemand in der Dienststelle! Kommst Du...?"

Im Dienstfahrzeug gab Katrin ihre Informationen, die sie über das Telefon von der Wasserschutzpolizeistation Greifswald erhalten hatte, an Hannes weiter.

„Ein Ahlbecker Fischer hat in seinen Netzen draußen in der Ostsee eine in Plastikplane eingewickelte Leiche gefunden und sie an den Strand von Ahlbeck gebracht. Die Wasserschützer haben das Gelände so weit erstmal gesichert. Die Kollegen warten auf uns!"

Peter „Locke" Brügge ließ sich von Ahlbeck über die Swinemünder Chaussee an die polnische Grenze fahren, überquerte diese und dirigierte seinen Chauffeur in die Nähe des bekannten Polenmarktes.

Er war der Polizei kein unbekannter und aus diesem Grunde immer vorsichtig. Man konnte nie wissen, ob man nicht vielleicht gerade observiert wurde.

Da wollte er kein Risiko eingehen. „Locke" versuchte, durch Grenzüberschreitung oder Wechsel der Fahrzeuge und Örtlichkeiten zu irritieren und den Bullen keine Chance zu geben, an ihm dranzubleiben. Zu seinen Hamburger Zeiten, vor vielen Jahren, war er noch unerfahren. Nur allzu oft gelang es den Bullen damals, ihn zu stellen oder zu verhaften, was zu einigen Verurteilungen und Knast führte.

Peter Brügge wuchs in Hamburg-Bergedorf auf. Schule und Lernen waren nie sein Ding. Sehr schnell bekam er als Jugendlicher heraus, dass man durch krumme Geschäfte, Klauen oder Einbrüche deutlich mehr Geld machen konnte, als er je in einem normalen Job verdienen würde. Wo zieht es einen original „Hamburger Jung" in so einem Fall zwangsläufig hin?

Peter suchte Kontakte zu Hehlern auf dem Kiez in St. Pauli und landete zwangsläufig bei Kiezgrößen, die seine ausgeprägte kriminelle Energie erkannten und ihn unter ihre Fittiche nahmen.

Um sich durchsetzen und auch mal seine Ellenbogen ausfahren zu können, begann er mit einem Box- und

Karatetraining. Der junge Mann entwickelte sich, erntete Erfahrungen durch einige Knastaufenthalte in „Santa Fu" und wurde schließlich selbst eine bekannte, angesehene Kiezgröße, an der niemand mehr so schnell vorbeikam.

Früher fiel er durch eine lange hellblonde Mähne auf seinem Kopf auf, die ihm den Spitznamen „Locke" einbrachte.

Obwohl Peter Brügge später im Wunsch nach Umgestaltung seines Outfits die blonde Mähne abrasierte und mit einem Glatzkopf herumlief, behielt er unter seinen Freunden diesen Spitznamen.

Vor einigen Jahren änderten sich die kriminellen Strukturen auf St.-Pauli grundlegend. Für ihn wurden die Auseinandersetzungen mit den Russen, Tschetschenen und libanesischen Großfamilien anstrengender und problematischer.

Der Stress auf dem Kiez hinterließ Spuren. Locke freundete sich mit dem Gedanken an, in das Rentnerleben einzutreten. Die Kiezgröße hatte ausgesorgt. Ein nettes Häuschen an der Hamburger Außenalster, ein paar Wohnungen als Immobilienanlage in der Stadt verteilt und ein ansehnliches Geldpolster auf der Bank versüßtem ihm das Leben. Es machte einen geplanten Ausstieg aus der kriminellen Laufbahn leichter.

Doch ganz wollte Locke sich aus dem Milieu noch nicht verabschieden und so kam ihm ein Angebot seines polnischen Freundes Bogdan Szymczak zur Mitarbeit auf der Insel Usedom nur recht.

Bogdan fungierte als Bandenchef im nordpolnischen Bereich. Er konzentrierte sich überwiegend auf den Diebstahl hochwertiger Fahrzeuge, die von Deutschland aus über Swinemünde an russische Auftraggeber weitergereicht wurden. Die Bande hatte ein gut funktionierendes Netz aufgebaut und war hocherfreut, Locke als „erfahrenen Mitarbeiter" in ihren Kreisen begrüßen zu dürfen.

Natürlich blieb der Polizei nicht verborgen, dass sich Peter „Locke" Brügge nun überwiegend auf Usedom aufhielt und dort mit bekannten Kriminellen traf.

Nachweisen konnte man ihm nach seinem Wechsel allerdings nie wieder etwas. Das erfüllte Locke mit einem gewissen Stolz.

„Wo soll ich dich absetzen, Chef?" fragte der Chauffeur der schwarze S-Klasse seinen Passagier. „Setz mich bei den Pferdekutschen ab. Bogdan wartet da schon. Ich bin in etwa einer Stunde wieder zurück!"

Die heiße Dusche war eine Wohltat für seinen Körper. Was für ein anstrengender Tag.

Ständig musste er sich das Gejammer der Patienten/innen anhören, verschrieb Massagen oder Medikamente, tat verständnisvoll oder mitleidend, schrieb das eine oder andere Gutachten oder empfahl an seine Kollegen in den ortsansässigen Kurkliniken Kurverlängerungen für diese Patienten/innen.

Über Sinn oder Unsinn mancher seiner Tätigkeiten wollte er einfach gar nicht nachdenken.

Viele Patienten/innen waren resistent gegen seine Diagnosen und Therapievorschläge. Die machten ohnehin, was sie wollten. Kuren brauchten viele, um ihren ungesunden Lebenswandel zu entschuldigen oder zu verstecken. Selten war mal jemand seiner eher wohlhabenden Patienten/innen mit einer tatsächlich ernsthaften Erkrankung darunter.

Jetzt kam ihm diese hübsche, nackt vor ihm liegende Frau zur entspannten Beendigung seines Tagewerkes und Umsetzung seiner Ziele gerade recht. Es war ein Geschenk, dass sie ihm begegnet war. Ein Segen, dass sie nicht jammerte, sondern geil auf ihn war. Eine Fügung, dass sie keine weiteren Freunde hatte und ihr Leben ohne engen Kontakt zu anderen Menschen führen wollte.

Durch diese Frau kam er wieder ein Stück weiter.

Seine Schuld war noch nicht beglichen, bei weitem nicht. Aber ihr Tod nun half ihm, seiner großen Liebe ein Stück näher zu sein.

Genauso war es auch vor zwei Wochen, als diese Brünette mit frechen Augen vor ihm in seiner Praxis saß, ihn anlächelte und unverblümt eine Einladung ins Fischrestaurant „Libelle" in Zinnowitz aussprach.

Gerne nahm er diese Einladung an. Es sollte ihr Schaden nicht sein.

Die Brünette hatte sich nicht so gewehrt, wie diese Unternehmensberaterin vor wenigen Minuten.

Nahm seine harten Stöße schreiend entgegen, hielt den Gürtel für ein Spiel und entschwand in die Bewusstlosigkeit mit Gedanken an einen wahnsinnigen Orgasmus.

Dass sie nicht mehr aufwachen würde, konnte sie nicht wissen.

Mit einer Vorahnung hatte er im Baumarkt in Ahlbeck gleich mehrere Abdeckplanen gekauft. In eine wickelte er nun diese Tote ein, verschnürte alles sorgfältig und wartete ein paar Stunden, bis er sicher sein konnte, dass ihm um diese Zeit auf dem Weg in die Tiefgarage des Hauses niemand mehr begegnen würde, der Anstoß an seinem merkwürdigen Paket nehmen könnte.

Sein VW T6 California stand bereit. Das Fahrzeug brachte ihn zu seinem Boot im Yachthafen von Peenemünde.

Katrin Mewes parkte den zivilen Audi in der Dünenstraße von Ahlbeck. Ihre Aufregung führte dazu, dass sie Hannes auf dem Weg von Heringsdorf bis zum Strand, wo die Leiche nun lag, mit allerlei Fragen löcherte. Die Kommissarin war jetzt schon ein paar Jahre bei der Kripo, ihre Erfahrungen mit Leichensachen waren dennoch verschwindend gering.

Ältere Menschen, die in ihren Wohnungen verstorben und von Angehörigen oder Nachbarn gefunden worden waren. Ja, damit durfte sich die Polizeikommissarin schon oft beschäftigen. Eine eher undankbare Aufgabe, denn diese Menschen waren meist eines natürlichen Todes gestorben. Stellte der Arzt einen natürlichen Tod fest und vermerkte dieses entsprechend auf dem Totenschein, waren die Ermittler der Kripo raus. Nur selten zweifelte ein Arzt den natürlichen Tod an. Natürlich wäre für diesen Fall eine entsprechende Maschinerie angelaufen.

Das hatte Katrin in ihrer bisherigen Zeit bei der Kripo jedoch nicht erlebt. Jetzt jedoch bekamen sie es nach Aussagen der Wasserschutzpolizei mit einer in Plastik verpackten Leiche zu tun.

Mord! Die Gedanken der jungen Kommissarin standen nicht still. Was gab es da alles zu beachten, um bloß keine Fehler zu machen. Wie lange war es her, dass sie ihren Lehrgang als Ermittlerin absolviert und gelernt hatte, dass man so etwas chronologisch abarbeitete?

Katrin versuchte, ihre vielen Fragen und Unsicherheiten zu sortieren. Natürlich wollte sie gegenüber ihren Kollegen professionell erscheinen. Sie war entsprechend froh, den erfahrenen Hannes an ihrer Seite zu haben.

Hannes. Der war ohnehin eine Sache für sich und Katrin musste zugeben, dass sie in den letzten Wochen doch einige irritierende Gefühle für ihn entwickelt hatte.

Er sah gut aus. Sie hörte ihm unheimlich gerne zu. Seine Ausstrahlung wirkte einerseits beruhigend, andererseits aufregend und kribbelnd auf sie.

Sie hatte sich dabei ertappt, dass sie immer wieder seine Nähe suchte. Wie schön war es jetzt, mit ihm gemeinsam einen Einsatz am Strand von Ahlbeck wahr zu nehmen.

„Nimmst Du den Spurensicherungskoffer mit?" fragte Hannes, als er ausstieg und über die Promenade und den dahinterliegenden schmalen Dünenstreifen auf den breiten Strand zu lief.

Katrin öffnete den Kofferraum des Audi und entnahm ihm einen größeren Aluminiumkoffer, der für das jeweils eingesetzte und diensthabende Spurensicherungsteam alles enthielt, was man für eine professionelle Spurensicherung brauchte. Da es sich bei dem Strandbereich vermutlich nicht um den Tatort handelte, würde dem später hinzugezogenen Gerichtsmediziner die größere Arbeit zur Feststellung der Todesumstände obliegen.

Ein wenig mulmig war Katrin schon zumute.

Was sie gar nicht mochte, waren übelriechende Leichen. Und etwas anderes konnte man hier wohl kaum erwarten, wenn das gefundene Paket schon länger im Wasser gelegen hatte. Würde man noch etwas von der Person erkennen können?

Einerseits zeigte Katrin eine gewisse Neugier, andererseits hatte sie Angst, einem unangenehmen Anblick oder eben diesem Geruch nicht standhalten zu können.

Sie erinnerte sich an ihre Ausbildungszeit bei der Kripo und dem obligatorischen Besuch der Pathologie. Alle angehenden Kommissare wurden verpflichtend hierhin beordert. Sie mussten zumindest einer Leichenschau oder Sektion durch einen Pathologen beiwohnen.

Für ihre Gruppe war damals eine junge Frau vorgesehen, die nach abschließender Untersuchung an einem Hirnschlag verstorben war. Den Anblick, als die Kopfhaut dieser jungen Frau nach kurzen Schnitten des Pathologen zurückgeschoben wurde, empfang sie als gruselig. Sie vergaß nie das Geräusch der kleinen feinen Elektrosäge, die an den Schädel angesetzt worden war.

Außerdem nicht den Geruch nach verbranntem Fleisch, der sich durch die schnelle und Hitze entwickelnde Säge im Untersuchungsraum nach und nach ausbreitete.

Katrin lief damals aus dem Raum und musste sich übergeben.

Hannes stand am Strand von Ahlbeck neben dem Fischerboot von Kai Tegge, das dieser nach seinem dubiosen Fang zunächst mit dem Trecker wieder an Land gezogen hatte.

Zwei Beamte der Wasserschutzpolizei hatten das Umfeld des Bootes zunächst großräumig mit Stangen und rotweißem Flatterband abgesichert und waren nach Anweisung von Hannes dabei, den in Plastik eingewickelten Fund aus dem Bootsinnern an den Strand zu hieven.

Katrin begann sogleich mit den üblichen Fotoaufnahmen des Paketes, dem Boot und von Kai Tegge.

„Das war ein ganz schöner Schock" erklärte Kai.

„Mit so etwas habe ich wirklich nicht gerechnet. War ein schweres Stück Arbeit, das ins Boot zu holen. Habt ihr denn schon eine Ahnung, wer das sein könnte?"

Hannes kannte Kai Tegge schon eine ganze Weile. Kai's Fischbude war auch innerhalb der Usedomer Polizei ein Geheimtipp. Sein Räucherfisch war unschlagbar lecker und natürlich hatte Hannes als Fischliebhaber sehr häufig dessen Spezialitäten kaufen dürfen.

Man lernte sich im Laufe der Zeit kennen, trank nach Feierabend schon mal das eine oder andere Bierchen am Tresen der Bude und erfuhr viele private Dinge übereinander. Hannes mochte diesen knorrigen und schroff wirkenden Fischer, der ein grundehrlicher, herzlicher Mann war.

Es tat ihm leid, dass ausgerechnet Kai dieser Fang ins Netz gegangen war. Wohl jeder in Ahlbeck und Umgebung wusste von dem Schicksal, dass dessen Schwester Sina erleiden musste.

Viele Jahre her, doch die Familie Tegge und besonders Kai redeten ständig über Sina, wodurch die Erinnerungen an diese junge Frau aufrecht erhalten blieb. Unübersehbar war ein großes massives Eichenbrett, das über dem Verkaufstresen an der Fischbude angebracht worden war.

Auf diesem hatte Kai in mühevoller Arbeit mit einem Lötkolben ein Bildnis von Sina ins Holz eingebrannt und in großen Buchstaben darunter den Namen „Sina" hinzugefügt.

Ihm war es tatsächlich egal, ob er sich in den Erzählungen über seine Schwester wiederholte, welcher Kurgast, Kunde oder Freund die Geschichte schon gehört hatte und wer dabei gelegentlich aufgrund seiner Wiederholungen die Augen verdrehte.

Kai erzählte sehr gerne über seine Schwester. Er würde damit nicht aufhören, solange es ihn gab.

„Meine Schwester war damals eine sehr lebenslustige junge Frau, ist hier in Ahlbeck unbeschwert aufgewachsen und hatte eine großartige Kindheit. Sina ist immer gerne mit uns auf die Ostsee zum Fischen hinausgefahren. Die war verrückt danach, es lag ihr im Blut. Vater wollte jedoch nicht, dass sie das zu ihrem Beruf machte. Er war später froh, als sie sich für einen anderen Weg entschieden hatte.

Sie blieb nach ihrem Abitur noch ein knappes Jahr hier auf Usedom und bekam dann einen Studienplatz für Meeresbiologie an der Universität in Rostock.

Dort lernte sie ihren Freund kennen, mit dem sie sich zu gegebener Zeit sogar verloben wollte. Sina war unser ganzer Stolz. Ein feines Mädchen.

Im Sommer vor 35 Jahren war sie mit Freunden und ihrem angehenden Verlobten zur Seebrücke nach Ahlbeck gegangen, um zu schwimmen.

Wie eigentlich immer sind alle fröhlich und überschwänglich von der Seebrücke ins Meer gesprungen. Damals durfte man das noch. Niemand hatte sich daran gestört. Das Wetter war insgesamt recht schön, nur die See etwas rauer als normal. Sina kannte das alles. Trotzdem hat sie einen Moment nicht aufgepasst. Eine größere Welle riss sie mit in Richtung Seebrücke und warf sie gegen einen Holzständer der Brücke.

Meine Schwester prallte mit dem Kopf gegen diesen Brückenpfahl. Einige Sekunden später sank sie in die Tiefe des Wassers.

Die anderen sahen das natürlich. Ihr Freund war ganz in der Nähe. Er sprang kurz danach sofort ins

Wasser, um nach ihr zu tauchen. Aber weder ihm noch den anderen gelang es, Sina zu greifen oder nach oben zu ziehen. Sie wurde durch die Unterwasserströmung aufs Meer hinausgezogen und tauchte nicht wieder auf.

Einen gut funktionierenden Rettungsdienst gab es damals in dieser Gegend, zudem ehemalige DDR, nicht. Es dauerte lange, bis ein Boot der Grenzschützer an der Seebrücke erschien, um sich an der Suche zu beteiligen. Natürlich sind viele Usedomer Fischer mit ihren Booten sofort rausgefahren.

Aber das Mädchen wurde nie wieder aufgefunden. Die See hatte sie gefressen und nicht wieder ausgespuckt.

Für alle, die dabei gewesen waren, ein unfassbar schockierendes Erlebnis. Ihr Freund brach damals zusammen. Er war wochenlang nicht ansprechbar.

Und fragt nicht, wie es uns als Familie erging. Sina war Mutters und Vaters Sonnenschein. Diese Sonne war unter gegangen und ging nie wieder auf.

Mein Vater begann, das Meer zu hassen. Nicht lange nach diesem schlimmen Ereignis stellte er das Fischen ein und übergab alles an mich."

„Nein! Wir wissen momentan noch nicht, wer diese Leiche sein könnte" beantwortete Hannes die zuvor von Kai gestellte Frage.

„Eine Vermisstenmeldung liegt uns hier noch nicht vor. Aber machen wir die Plane doch erst einmal etwas auf, um sehen zu können, was uns erwartet oder wer sich darin verbirgt."

Der polnische Einspänner zuckelte gemütlich über das enge Kopfsteinpflaster der Swinemünder Straßen. Der alte Kutscher interessierte sich aus gutem Grund nicht für seine beiden Gäste.

Er hatte seine Mitfahrer dem Aussehen nach eher als kriminell eingestuft und wusste nur zu gut, dass es besser war, nichts von ihrem Gespräch zu hören.

100,- Euro im Voraus waren für ihn ein sehr gutes Geschäft. Egal, was diese beiden Männer machten. Hauptsache das Geld stimmte.

Der Kutscher setzte seine warmen Ohrschützer auf, schnalzte seinem stämmigen Pferd zu und begann leise vor sich her pfeifend die Sightseeing-Tour durch die Hafenstadt Swinemünde.

Seine Gäste interessierten sich nicht für die Sehenswürdigkeiten. So brauchte er ihnen nichts über die Befestigungsanlagen aus der Preußenzeit, dem schönen Leuchtturm oder der wundervollen Gartenanlage aus dem 19. Jahrhundert mit sehr vielen mediterranen Pflanzen zu erzählen, wie er es sonst gelegentlich machte, um sein Trinkgeld aufzubessern.

Sollten sie doch reden und ihre Geschäfte machen.

„Hör zu, Locke. Ich hatte es dir schon gesagt. Wir brauchen in der nächsten Woche noch mindestens zwei Fahrzeuge. Ich habe Bestellungen aus Russland bekommen und großzügig zugesagt. Du weißt, mein guter Name ist überall bekannt und den möchte ich nicht verlieren." gab Bogdan Szymczak seinem Freund Peter „Locke" Brügge zu verstehen.

„Bogdan, du hast vielleicht schon gehört, dass es beim letzten Ding ein paar Probleme gab. Dieser blöde Köter hat die gesamte Nachbarschaft mit seinem Bellen geweckt. Meine Jungs hatten Schwierigkeiten, wegzukommen.

Und… bitte vergiss nicht, dass es noch Bullen gibt. Wir sollten es nicht übertreiben. Ich habe das Gefühl, dass die demnächst auf Usedom verstärkt werden, was es uns nicht leichter macht.

Die Insel wird langsam heiß für uns. Wir sollten das Geschäft vielleicht mal in eine andere Gegend verlegen!"

Bogdan grübelte. Locke hatte grundsätzlich Recht. Die Polizei reagierte nach einem bestimmten Muster. Ein oder zwei gestohlene Fahrzeuge im Jahr in der Gegend ließ noch keine Sonderkommission zusammentreten.

Sie hatten im laufenden Jahr mittlerweile sechs hochkarätige Fahrzeuge im Grenzgebiet gestohlen und

weiter verfrachtet. Klar, dass es bald doch zu gefährlich werden könnte. Er wollte keinesfalls riskieren,
dass seine oder Lockes Leute in die Hände der Bullen
gerieten.

„Ich sehe das auch so, Locke. Was schlägst du vor?"
fragte Bogdan.

„Ich könnte Dir zwei Autos anbieten. Ein BMW X5
steht in Ückeritz. Der dürfte leicht zu knacken sein.
Mein bester Mann hat einen VW T6 in Heringsdorf
ausfindig gemacht. Der soll einem Arzt gehören. Der
Wagen steht oft Tage lang in einer Tiefgarage und
wird nicht bewegt. Der Arzt benutzt ihn nur sehr selten. Ich glaube, dem würde erst nach Tagen auffallen,
dass seine Kiste nicht mehr in der Tiefgarage steht.
Für uns optimal. Beide Fahrzeuge könnte ich für
Dich klar machen. Mehr geht aber zurzeit wirklich
nicht." antwortete Peter Brügge.

„Ok, Locke. Das klingt schon mal gut. Sagt mir Be-
scheid, wenn es so weit ist und ihr das Ding drehen
wollt. Bringt mir die Autos in die übliche Werkstatt.
Das Finanzielle klären wir gleich danach. T6-Modelle
kann ich übrigens zu einem sehr guten Preis loswer-
den. So, was meinst du. Darf ich dich noch auf einen
Gin in die Laguna Bar einladen?"

Seine Fracht war sicher gefährlich. Sie würde ihn für den Rest seines Lebens hinter Gitter bringen.

Aber wer sollte ihn schon anhalten und eingehend kontrollieren. Viele der Usedomer Polizisten/innen kannten ihn. Er hatte lange Zeit als Facharzt für Pneumologie/Lunge im Kreiskrankenhaus Wolgast gearbeitet. Dort in der Notaufnahme war er diversen Polizisten/innen begegnet, die Patienten/innen nach Unfällen oder anderen Ereignissen begleitet hatten.

Zudem war er ein engagierter und bekannter Insulaner, der sich auf vielen internen Veranstaltungen oder Treffen der Insulaner/innen blicken ließ.

Welche Streifenwagenbesatzung würde ein Fahrzeug, an dessen Windschutzscheibe ein großes Schild mit Aufschrift „Notarzt im Einsatz" angebracht ist, tatsächlich anhalten? Sie würde Gefahr laufen, sich von dem Arzt Ärger einzuhandeln, weil dieser eilig zu einem Patienten unterwegs war.

Er fuhr die B111 über Koserow und Zinnowitz und bog dann auf die Landesstraße 264 Richtung Peenemünde ab. Der Weg nach Peenemünde hinein führte bei ihm immer zu Beklemmungen. Die Anordnung der Häuser, ihr teilweise immer noch schlechter Zustand und die Einfahrt ins Hafengebiet mit seinen Kriegsmuseen, Kriegsschiffen und Raketengebilden ließen ihn an vergangene Zeiten denken.

Er hasste den Krieg und das Leid, das dieser mit sich brachte, mochte die ehemalige Brutstätte der Tod bringenden Raketen in Peenemünde überhaupt nicht. Umso mehr freute er sich darüber, mit seiner Segelyacht auf die Weite der Ostsee hinausfahren zu können.

Auf seiner Anfahrt zum Nordhafen begegnete ihm niemand. Um diese Jahreszeit lagen nicht mehr viele Boote im Wasser, waren teilweise schon ins Winterquartier verbracht worden. Der Weg zum Steg und zu den Liegeplätzen war durch den Marine-Regatta-Verein Peenemünde mit Betonplatten gut ausgebaut worden. Jeder Skipper, der sein Boot mit Zubehör, Benzin oder Lebensmitteln bestücken wollte und deswegen mit dem Auto dicht heranfahren musste, konnte das bequem machen.

Niemand beobachtete ihn, als er sein Paket aus dem Innenraum des VW T6 California herausnahm, zu seiner Yacht trug und darauf ablegte.

Auch bemerkte niemand, dass einige Minuten später sein Boot mit gleichmäßig tuckerndem Motor den Yachthafen zur Ostsee hinaus verließ.

Unter Tränen ließ er einige Seemeilen vor Usedom sein Paket ins Wasser gleiten. Ja, seine Liebste würde sich über dieses Geschenk freuen. Das war für ihn sicher. Konnte er sie damit beruhigen oder zufrieden stellen? Sie endlich glücklich machen?

In Gedanken sah er ihr Lächeln, ihr freudestrahlendes Gesicht.

„Ich vermisse Dich so sehr!"

Katrin und Hannes standen neben dem Boot von Kai Tegge an dem geöffneten Paket und betrachteten die nackte Frauenleiche, die vor ihnen lag.

Starkes Pfefferminzöl unter die Nase gerieben, verhinderte bei beiden die Wahrnehmung des Verwesungsgeruches und dadurch bedingte Würgereize oder Übergeben.

Katrin war gefasster, als sie gedacht hatte. Sie bewunderte erneut die Professionalität und Ruhe, die Hannes ausstrahlte.

„Weibliche Frauenleiche, komplett nackt, brünett, Alter geschätzt zwischen 30 und 40 Jahren, ca. 170 cm groß, schlanke Figur, vielleicht 60 kg schwer, Augen halb geöffnet, Leiche etwas aufgedunsen, deutlicher Verwesungsgeruch wahrnehmbar, im Halsbereich dunkle Stellen erkennbar, die nach Strangulationsmerkmalen aussehen. Sonst keine Verletzungen erkennbar…!" sprach Hannes in das Diktiergerät.

„Tja, Katrin. Ich denke, da haben wir ein schönes Stück Arbeit vor uns. Das sieht nach Überstunden aus. Unser Feierabendbierchen muss wohl etwas warten" erklärte der Hauptkommissar lächelnd in Richtung seiner Kollegin.

Obwohl die Gesamtumstände insgesamt eher negativ auf sie wirkten, jubelte Katrin innerlich doch.

Ihr erster richtig großer Fall. Dazu noch mit großer Wahrscheinlichkeit ein Mord.

Die Zusammenarbeit mit Hannes war ihr nicht unangenehm. Sie fühlte sich wohl in seiner Nähe.

Nachdem die erste Spurenlage am Strand neben dem Kutter von beiden abgearbeitet worden war, erfolgte der Abtransport der Leiche über das verständigte Bestattungsunternehmen.

Der Auflauf neugieriger Menschen, die sich an der Polizeiabsperrung gesammelt hatten, löste sich langsam wieder.

Das Wetter war weiter trübe, grau und regnerisch.

In genau dieser Stimmung blieb Kai Tegge nun an seiner „Seewind" zurück. Er verfiel in Gedanken an zurückliegende Zeiten. Die Ostsee hatte sich unerbittlich gezeigt und seine Schwester Sina nie wieder herausgegeben. Wäre es nicht für alle in der Familie besser gewesen, sie beerdigen zu können?

Ein Abschluss, wenn auch schmerzlich, hätte Seelenfrieden gebracht. Stattdessen fischte nun ausgerechnet er diese unbekannte Leiche aus dem Wasser.

Nein, Kai wollte heute nicht noch einmal rausfahren, um die Netze einzuholen.

Er lief bedächtig zu seiner Fischerbude an der Promenade, schloss sich ein und goss einen großen Schluck klaren Schnaps in sein Lieblingsglas.

Dariusz war schon vor einigen Wochen in Heringsdorf auf den VW T6 California aufmerksam geworden.

Ein schönes Modell. Schneeweiß mit auffällig
schwarz glänzenden Alufelgen und einer augenscheinlich sehr kostspieligen Campingausstattung.

Er konnte damals sehen, wie das Fahrzeug in die
Tiefgarage eines Appartementhauses in der Seestraße gefahren wurde. Später stand es an der Straße
auf einem Seitenstreifen in der Nähe des gleichen
Hauses. Damit war für ihn klar, dass der Besitzer dort
wohnen musste. Das Kennzeichen vom Ostvorpom-
mern deutete zusätzlich auf einem Einheimischen als
Eigentümer hin.

Dariusz behielt das Fahrzeug im Hinterkopf. Er
wusste, dass sein Chef Locke früher oder später mit
einem Auftrag auf ihn zukommen würde.

Und dieser ließ nicht lange auf sich warten.

Locke suchte für seinen polnischen Auftraggeber einen weiteren T6. Dariusz konnte ihm stolz sein Wissen über den Standort eines für sie interessanten
Fahrzeugs präsentieren.

Es dauerte nur zwei Tage und er hatte alles ausge-
kundschaftet, was für den Diebstahl benötigt wurde.
Der Besitzer des Fahrzeugs war ein Lungenfacharzt
mit eigener Praxis in Heringsdorf. Er bewegte das
Auto nur äußerst selten und ließ es fast ausschließlich
in der Tiefgarage stehen.

Das elektrisch betriebene Rolltor der Tiefgarage ließ sich durch Kurzschluss leicht außer Kraft setzen. Man konnte es dann per Hand nach oben schieben.

Die Überwindung der Sicherungseinrichtungen des T6 war für einen Profi wie Dariusz kein Problem. Er musste nur mit seinem Laptop dicht genug an das Auto herankommen, wenn der Eigentümer es mittels Fernbedienung und codiertem Schlüssel in Gang setzte. Seine Spezialprogramme lasen die über Funk gesendeten Codes aus, speicherten diese und sendeten sie irgendwann über sein Laptop an die elektronische Verriegelungsanlage des T6 zurück, sofern sie zum Öffnen gebraucht wurden.

Alles war perfekt, als von Locke der Auftrag kam, den T6 zu besorgen.

Nach kurzer Observation hatte er den hochwertigen VW in der Seestraße vorfinden können und sogar das Glück, dass der Eigentümer damit gerade losfahren wollte. Dariusz setzte sich sofort dahinter. Er begleitete den T6 bis zu einem Baumarkt nach Ahlbeck und stellte sich direkt neben das eingeparkte Fahrzeug. Als der Fahrer nach dreißig Minuten wieder zurückkam und die Fernbedienung betätigte, war das Programm auf dem Laptop des Verfolgers aktiviert und las die vom Schlüssel gesendeten Daten aus.

Jetzt galt es nur noch, einen geeigneten Tag für den Diebstahl festzulegen.

Natürlich hatte sich Dariusz diesen Arzt etwas genauer angesehen. Als professioneller Autodieb war man gerne über seine Opfer informiert, um nicht irgendwelche böse Überraschungen zu erleben.

Der Arzt war Ende 50, gute 185 cm groß, schlank und augenscheinlich gut trainiert. Er bewegte sich geschmeidig. Dunkelbraune Haare und leicht ergraute Schläfen machten ihn sehr attraktiv. Das musste ihm sogar ein Mann wie Dariusz zugestehen.

Offensichtlich sah das die Damenwelt genauso. Er hatte den Arzt mehrfach mit unterschiedlichen und recht hübschen Frauen beobachten können.

Dieser Mann hielt sich bestimmt fit, um der Frauenwelt zu gefallen. Im Falle einer Auseinandersetzung schien dieser Schönling aber kein ernst zu nehmender Gegner für ihn zu sein.

Sein Plan war, darauf zu warten, bis der Arzt wieder mit einer dieser hübschen Damen in seiner Wohnung verschwand. Nachdem sie vermutlich die halbe Nacht durchgevögelt hätten und müde in ihren Kissen versanken, würde er in den frühen Morgenstunden zuschlagen, um den T6 zu stehlen.

Das Tor der Tiefgarage war leicht zu knacken, die Codes für den T6 hatte er. Insgesamt also ein leichtes Spiel.

Hannes Wittkowski saß am Schreibtisch seiner Dienststelle und sah auf einen Berg von Papieren.

Der Gerichtsmediziner hatte ihm vorab per Mail einige Kurzinformationen zur Leichenschau geschickt und bestätigte eigentlich das, was er am Strand schon feststellen konnte.

Tod durch Strangulation. Viele Merkmal wiesen auf einen breiten Gürtel hin.

Die Tote machte durch Haarschnitt, Nagelpflege und Intimrasur insgesamt einen gepflegten Eindruck. Sie hatte weder Narben noch Knochenbrüche und keine Kinder geboren. Ein Zahnabgleich musste noch erfolgen, ebenso die Untersuchung des Mageninhaltes. Das konnte bestimmt etwas dauern, wusste Hannes.

Der Todeszeitpunkt lag nach Meinung des Gerichtsmediziners etwa zwei Wochen zurück.

Das wichtigste Detail war allerdings, dass man in der Scheide der Toten Sperma sichern konnte. Die DNA-Auswertungen waren in vollem Gange.

Hannes wertete viele der mittlerweile eingetroffenen Ermittlungsergebnisse auf seinem Schreibtisch aus.

Die Leiche war nackt in die grüne Plane eingewickelt worden, trug keinen Schmuck. Die Plane und auch das dicke Paketband waren handelsüblich. Sie mussten aus einem Baumarkt oder ähnlich stammen. Kollegen/innen des Kommissariats waren in die Fachmärkte der Umgebung ausgeschwärmt, um dort näheres über die Planen herauszubekommen.

Die eingewickelte Leiche war nicht durch Gegenstände beschwert, sondern so ins Wasser geworfen worden.

Von Experten der Wasserschutzpolizei hatte er sich ein Gutachten über den Strömungsverlauf der Ostsee rund um Usedom erstellen lassen. Dieses Gutachten zeigte nun sehr grob auf, welchen Weg die Leiche in der Ostsee getrieben sein könnte und wo sie vermutlich ins Wasser geworfen worden war. Nach Auswertung aller Umstände kamen die Experten zu der Auffassung, dass der Einwurf der Leiche in die Ostsee Nahe der Pommerschen Bucht, im Bereich der Greifswalder Oie, einer kleinen Insel einige Kilometer nordöstlich von Usedom, erfolgt sein musste.

Hannes kannte das Gebiet. Er war selbst schon mit einem Bekannten dorthin gesegelt, um den aus Backsteinen erbauten Leuchtturm auf dieser Insel zu bewundern.

Der Hauptkommissar überlegte. „Wer konnte die Leiche dort hingebracht haben?"

Jemand mit See-Erfahrung und nautischer Kenntnis auf jeden Fall. Sportbootfahrer? Segler? Oder war die Leiche von einem größeren Schiff geworfen worden?

Warum hatte man sie nicht mit etwas beschwert, das sie auf den Boden der Ostsee zog und für lange Zeit nicht mehr frei gab?

Um wen konnte es sich bei dieser Frau handeln?

Gerade in diesem Augenblick schaute der hübsche Kopf seiner Kollegin Katrin mit einem Lächeln und euphorischen Ton herein: „Ich glaube, wir wissen jetzt, wer sie ist!"

„Ja, mein Liebes. Ich werde alles für dich tun. Hab ein wenig Geduld. Reichen dir denn diese Gespielinnen nicht? Bist du nicht zufrieden mit mir? Soll es doch eine etwas andere Freundin sein? Magst du eine jüngere? Oder doch etwas älter? Gib mir ein Zeichen.

Das, was du haben möchtest, wirst du bekommen. Das verspreche ich dir."

Der Drang in ihm wurde immer größer. Innere Unruhe trieb ihn. Gedanken, die kaum zu sortieren und unreal waren. Gefangen in einer unwirklichen Welt.

Er hatte es unterdrücken können. Über viele Jahre. Eine Therapie hatte ihm geholfen und man war der Meinung, er galt als geheilt.

Diese Gedanken an sie. Diese Sehnsucht, mit ihr eins zu sein. Ihr helfen zu wollen, das schwere Schicksal angenehmer zu ertragen. Diese Schuld, die man ihm auszureden versuchte. Dennoch gab er sie sich.

Ein Ende gab es nicht. Seine Liebste kam wieder und ließ ihn nicht mehr los.

Es begann vor einigen Jahren, als er mit einer anderen jungen Frau schlief. Seine Gedanken wurden dabei an die Liebste gelenkt. Er sah nicht das Gesicht dieser anderen Frau, sondern verschwommen das Gesicht seiner Geliebten.

Hörte nicht das wohlige Stöhnen der anderen, sondern ihre Stimme: „Warum hast Du mich allein gelassen? Bitte hilf mir. Komm Liebster. Mach es mir hier erträglicher!"

Er konnte sich nicht auf feste Beziehungen einlassen. War zu sehr auf diese eine geprägt.

Und je mehr er versuchte, durch neue Frauen von ihr loszukommen, umso mehr rief sie nach ihm.

Es gelang ihm zunächst, sich zu beherrschen. Zwei oder dreimal drückte er Frauen kurz vor deren Orgasmus mit einer Hand den Hals zu. Hörte ihr Röcheln und spürte durch ihr lustvolles Verhalten, dass es ihnen recht gut ging. Er fand diesen Zeitpunkt optimal, um diese Frauen in die Nähe seiner Liebsten zu bringen.

Ihre Stimme hallte beim Liebesakt in seinem Kopf: „Ja, bring sie mir!"

Dennoch hielt er sich zunächst zurück. Es gelang ihm, Gut von Böse zu unterscheiden und nicht auszubrechen.

Doch dann kam der Tag, an dem ihre Stimme zu laut wurde, ja… ihn förmlich anschrie: „Ich will sie! Bring sie mir!"

Die Brünette, die seine Stöße von hinten genüsslich aufnahm und den Gürtel um ihren Hals für ein geiles Spiel hielt, gluckste anfangs freudig. Momente später fiel sie röchelnd in sich zusammen und war tot.

Für ihn ein wahnsinniges und zugleich befreiendes Gefühl. Unendliche Stille danach. Der Nebel in seinem Kopf löste sich.

Ja, seine Liebste rief nicht mehr. Sie bekam, was sie wollte. Er musste ihr die neue Gespielin nur noch bringen.

Das war nun zwei Wochen her.

Die Stimme seiner Liebsten kam wieder. Sein Wunsch nach Harmonie und dem Ende dieser quälenden Situation ebenfalls.

Diese Unternehmensberaterin stand plötzlich vor ihm, drängte sich ihm förmlich auf, gab keine Ruhe, wollte unbedingt ein Treffen. War das aufdringliche Verhalten von seiner Geliebten gesteuert worden und ein Zeichen von ihr? Er kam zu dem Entschluss, dass es so sein sollte. Er musste ein neues Opfer bringen.

Beim Essen hatte er die Frau noch gewarnt. „Ich mache böse Dinge mit dir!"

Nichtsahnend und in freudiger Erwartung antwortete sie: „Ich bitte sogar darum."

Als er den Gürtel um den Hals der Unternehmensberaterin löste, war die Stille wieder da. Wohltuende Stille. Nichts in seinem Kopf. Keine Schuldgefühle!

Und jetzt? Erneute Unruhe. Wieder ihre Stimme. Sie rief ihn und wollte mehr. Er hatte ihr ewige Treue geschworen. Daran würde er sich halten.

Eine jüngere wollte sie nun. Auch das war für ihn machbar. Er freute sich auf die Stille danach!

Katrin überreichte Hannes die Kopie einer Vermisstenanzeige, die von Kollegen der Schutzpolizei vor etwa zwei Wochen aufgenommen worden war.

Das Strandhotel an der Liehrstraße vermisste einen weiblichen Gast.

Heike Sattler, 36 Jahre, ledig, aus Bremen war aus bisher ungeklärten Gründen nicht wieder in das Hotel zurückgekehrt. Sie hatte das Hotelzimmer für einen Zeitraum von drei Wochen gebucht und wollte nach Kenntnis des Hotelmanagers in diesem Zeitraum diverse Wellnessanwendungen über sich ergehen lassen. Katrin las laut aus dem Bericht des aufnehmenden Kollegen.

„Reinigungspersonal fiel an drei aufeinanderfolgenden Tagen auf, dass das Bett im Zimmer und

auch Badezimmerutensilien unbenutzt geblieben waren und verständigte den Manager. Dieser stellte fest, dass praktisch alle persönlichen Sachen der Frau Sattler im Zimmer vorhanden waren, sie selbst aber unauffindbar blieb.

Sie konnte weder telefonisch noch in ihrem privaten Bereich Zuhause erreicht werden."

Die Kommissarin grübelte.

„Es kommt ja durchaus mal vor, dass eine Frau jemanden kennen lernt und vielleicht ein paar wilde Nächte bei ihm verbringt. Als erwachsener Mensch ist man keinem eine Rechenschaft schuldig und im Urlaub kann man machen, was man will. Aber Klamotten wechseln muss immer drin sein und duschen auch!"

Hannes grinste Katrin an. „So? Kommt das vor? Mir ist das noch nicht passiert. Aber wenn Du das meinst!"

Katrin war ihre Äußerung gegenüber Hannes nun doch etwas peinlich. Sie wollte nicht, dass er sie in eine bestimmte Schublade steckte. Natürlich war sie nicht die Frau, die solche wilden und spontanen Nächte in ihrem Urlaub verbringen würde.

„Was habt ihr denn noch so über diese Heike Sattler ermitteln können?" fragte Hannes. Katrin wollte ihm nun imponieren, hatte ihre Hausaufgaben gründlich gemacht und einer Kripo-Kollegin der Vermisstenstelle die bisherigen Erkenntnisse über die Vermisste entlocken können.

„Die Frau war alleinstehend, wohlhabend und ursprünglich aus gutem Elternhaus. Sie wohnte in Bremen-Oberneuland, einem Stadtteil mit überwiegend gutsituierten Menschen. Ihre Eltern sind verstorben, Geschwister hatte sie keine. Eine Befragung der Nachbarn verlief ohne große Ergebnisse. Angeblich war sie selbständige Pharmareferentin und in dieser Eigenschaft viel auf Reisen in der ganzen Welt, weshalb niemand aus der Nachbarschaft sie vermisste.

Bei ihrem Arbeitgeber hatte sie drei Wochen Urlaub eingereicht, jedoch nicht hinterlassen, wo sie sich aufhalten würde. Da kannst Du mal sehen, Hannes!" sinnierte sie. „Wir können uns in dieser Welt recht anonym bewegen und niemand vermisst einen wirklich."

Über das Einwohnermeldeamt in Bremen wurde per Mail ein Foto des dort ausgestellten Personalausweises angefordert. Beide verglichen nun dieses Foto mit den von der Leiche gemachten Bildern und es gab keinen Zweifel. Bei der Toten handelte es sich um Heike Sattler.

„OK, lass uns zum Strandhotel fahren und das Zimmer der Frau Sattler etwas näher ansehen. Hinterher trinken wir endlich das Bierchen in den Fischer-Stuben." frohlockte Hannes mit einem Grinsen.

Allerdings nicht ohne Hintergedanken, denn er wollte unbedingt mit Katrin über sein Erlebnis mit der Autoschieber-Bande in Zinnowitz reden.

Die Ereignisse um den Fund der Leiche von Heike Sattler hatten sich überschlagen. Hannes musste seine Erkenntnisse von Zinnowitz erst einmal hintenanstellen.

Die drei Männer hatten sich über den geplanten Diebstahl eines hochwertigen Fahrzeugs in Ückeritz unterhalten und zudem gab es ja das Kennzeichen des S-Klasse Mercedes, in den der Glatzkopf und offensichtlich Chef der Bande eingestiegen war.

Sobald sie im Strandhotel fertig waren, wollte Hannes die Sache in Angriff nehmen.

Kai Tegge saß in seiner nach Räucherfisch stinkenden Fischerbude, rauchte einen Zigarillo und war traurig. Lange hatte er die vielen Gedanken an seine Schwester Sina verdrängen können. Ohne Zweifel. Er war jetzt alt, ihr Unfall war eine Ewigkeit her und man sollte meinen, dass alles überstanden gewesen sei.

Aber Kai hatte seine Schwester sehr geliebt. Es gab seinerzeit eine intensive Bindung zu ihr. Er musste wegen der Eltern stark sein, konnte nie richtig zeigen, welche Trauer er um Sina fühlte.

Oft verkroch Kai sich in seine Fischerbude. Wenigstens hier ließ er ab und zu seinen Tränen freien Lauf.

Der Tag war gelaufen. Die Touristen hatten viel Räucherfisch bei ihm gekauft und alle Vorbereitungen für den nächsten Fischfang am nächsten Morgen waren getroffen.

Sein gruseliger Fang am Vortag ließ seine Gedanken jedoch nicht zur Ruhe kommen.

„Warum musste ausgerechnet ich diese Leiche aus der See fischen?" hatte er sich ein ums andere Mal gefragt. „Hatte das etwas mit Sina zu tun. War es ein Zeichen von ihr? Wollte sie ihm dadurch etwas sagen?"

Manchmal vermischten sich bei Kai Realität und wirre Gedanken, brachten ihn zurück in die Vergangenheit. In die Zeit, als die fröhliche Sina noch lebte und lachte.

Nein. Er ging zur Kirche, glaubte an Gott! Hatte häufig schon von den Meinungen anderer über das allumfassende Universum oder Esoterik gehört.

Warum oder wie konnte eine im Meer ertrunkene Frau Zeichen geben? Das war doch Nonsens. Aber anders gedacht: Jesus war auch von den Toten auferstanden und seinen Jüngern erschienen.

Es klopfte an der schweren Holztür seiner Fischerbude. Das Geräusch riss Kai vollends in die Wirklichkeit des Lebens zurück. Er öffnete die Tür und rechnete mit einem Touristen, der wieder mal die Öffnungszeiten auf dem Schild am Eingang übersehen hatte.

Aber vor ihm stand nun ein sehr überraschender Besuch.

Locke war sauer.

Diese beiden Volltrottel hatten das Ding in Bansin fast versemmelt, weil ihnen der Hund in die Quere kam. Er hatte alles gut recherchiert, sie auf alles hingewiesen und doch wäre es fast schiefgelaufen.

Es waren Männer, die sein Freund Bogdan Szymczak ihm geschickt hatte. Er mochte Bogdan. Aber diese beiden mochte er gar nicht.

Sie waren zu selbstsicher im Auftreten, zu laut und zu auffällig. Machos! Locke konnte sie schwer einschätzen. Er kannte sie nicht, hatte nie mit ihnen gearbeitet.

An Absprachen hielten sie sich fast gar nicht. Oft begriffen sie nicht, was man von ihnen wollte.

Wenn es für längere Zeit nicht die beiden letzten Autodiebstähle gewesen wären, die er auf Usedom durchziehen wollte, hätte er gerne auf sie verzichtet.

Es gab noch zwei Autos, die er unbedingt für Bogdan klar machen wollte. Das eine, einen BMW X5, hatte er selbst in Ückeritz ausfindig gemacht. An dem anderen war sein bester Mann und guter Freund Dariusz dran.

Der arbeitete äußerst professionell und verlässlich. Um ihn brauchte sich Locke keine Sorgen zu machen. Beide kannten sich aus alten Hamburger Zeiten, als die Grenzen zum Osten hin geöffnet worden waren. Viele polnische Gastarbeiter, aber auch Ganoven strömten nach Deutschland ein.

Sein Freund entwickelte sich zu einem Experten in Sachen Autoklau und arbeitete häufig eng mit Locke zusammen. Die Freundschaft der beiden Männer hatte über Jahre Bestand. Der Pole nahm gerne Aufträge von Locke entgegen. Der Mann arbeitete immer allein und war darin sehr gewissenhaft, das wusste Locke.

Beide hatte miteinander gesprochen. Bezüglich eines VW T6 war schon alles vorbereitet. Es war nur eine Frage der Zeit, wann Bogdan aus Polen das OK gab. Der Wagen würde dann schnell in einer Werkstatt im polnischen Swinemünde verschwinden.

Diesen zwei Trotteln musste Locke jetzt allerdings erklären, wie er sich das mit dem BMW X5 in Ückeritz vorgestellt hatte. Er würde die Sache aus einiger Entfernung begleiten. Weitere Fehler durch diese Stümper wollte sich der Profi nicht zugestehen, sogar notfalls selbst eingreifen.

Und danach wäre hier auf Usedom für lange Zeit erst einmal Schluss.

Man durfte es eine glückliche Fügung nennen. Oder hatte seine Liebste dafür gesorgt?

Wie es auch sei, er konnte sich ein Lächeln nicht verkneifen, als er in der Pizzeria auf der Seebrücke in Heringsdorf saß. Diese junge Frau, die ein paar Tische weiter saß, blickte ständig zu ihm herüber.

Er kam oft in dieses Restaurant, weil er hier der See und seiner Geliebten am nächsten war. Als Stammgast brauchte er keine Speisekarte mehr. Der Chef des Restaurants, Michele, wusste sehr genau, welchen Wein er seinem treuen Kunden auf den Tisch stellen durfte. Man kannte ihn, den Herrn Doktor mit eigener Praxis.

Doch niemand wusste die wahren Gründe, warum er gerade an diesem Ort so häufig saß.

„Ja, Liebste. Ich sehe sie! Sie gefällt dir, ich merke das. Sie wird dir bestimmt eine schöne Gespielin sein."

Er ging auf das Lächeln der jungen Frau ein. Prostete ihr zu und zwinkerte bei manchen ihrer Blicke freundlich. Sie war äußerst hübsch, vielleicht Mitte 20, mit langen hellblonden Haaren und einer sehr schlanken Figur.

Die enge Jeans betonte ihren wohlgeformten Hintern. Die weit ausgeschnittene Bluse ließ Blicke auf Ansätze ihrer kleinen, festen Brüsten zu. Er fand, sie war perfekt für seine Liebste.

Ob er danach seinen Seelenfrieden wiederfinden würde?

Dezent bat er Michele, der jungen Frau einen Prosecco zu bringen. Kurz darauf stand sie mit einem süffisanten Lächeln an seinem Tisch.

Dieses arglose holde Geschöpf glaubte tatsächlich, ihn mit ihrer großartigen Figur und ihrem weichen Schlafzimmerblick betören zu können.

„Ich kenne sie" sagte sie. „Sie sind doch Arzt mit einer Praxis hier im Ort. Ich arbeite nur ein paar Häuser weiter in einem Modegeschäft. Sie waren auch schon mal bei uns und haben sich umgesehen. Solch interessante Männer fallen mir immer auf!"

Die Kleine ging ihn offensiv und unkompliziert an. Nahm kein Blatt vor den Mund. Das gefiel ihm. So brauchte er weniger Überzeugungsarbeit zu leisten. Er musste sie unbedingt haben. Der Druck seiner Liebsten wurde immer stärker. Ihre Forderungen nach einer neuen Gespielin wirkten stark auf ihn.

Michele hatte ihn und dieses junge Ding zusammen gesehen. Es war sicher ein gewisses Risiko. Aber das musste er jetzt eingehen.

Was sollte schon passieren? Es würde Zeit ins Land gehen, bis die Sache vielleicht hochkam.

Der Italiener konnte sich dann bestimmt nicht mehr erinnern.

Nach einer halben Stunde verließ zunächst die junge Frau das Restaurant. Unauffällig nach dem Bezahlen ihrer eigenen Rechnung.

Gute fünfzehn Minuten später verabschiedete sich der Doktor von Michele.

Es war so kaum noch ein Zusammenhang zwischen dem neuen Paar erkennbar.

Die gründliche Durchsuchung des Hotelzimmers von Heike Sattler hatte bisher keine weiteren Erkenntnisse für Hannes und seine Kollegen gebracht.

Bis auf ihre Handtasche, die sie offensichtlich mitgenommen hatte, fand man eigentlich alles, was zu einem Kuraufenthalt dazu gehörte. Die Kleiderschränke waren mit Bekleidung für einen längeren Aufenthalt gefüllt. Im Badezimmer fanden sich Zahnbürste sowie sämtliche Schminkutensilien vor.

Den Umständen nach hatte sie ihr Zimmer nur für einen kürzeren Ausflug oder ein Abendessen verlassen. Sorgfältig hatte sie einige Termine für Anwendungen, Therapien und einen Arztbesuch auf einem Zettel vermerkt. Der einzige Hinweis eigentlich, dass sie Kontakte zu ihrer Außenwelt hatte.

Ein Handy wurde nicht gefunden, so dass die mühevolle Arbeit des Abfragens sämtlicher Telefongesellschaften nach einer Kundin Heike Sattler anstand.

Hannes saß in seinem Büro und dachte über das zurückliegende Gespräch mit Katrin nach. Beim Bier in den Fischer-Stuben hatte er ihr seine Beobachtungen der drei Männer an der Promenade in Zinnowitz erzählt.

Natürlich war es ihm unangenehm. Er wusste, dass er diese Sache eigentlich allen Mitarbeitern/innen des Kommissariats hätte mitteilen müssen.

Beide entschlossen sich, das Beste draus zu machen und Katrin wollte gleich tags darauf mit den Ermittlungen in Sachen Glatzkopf und Mercedes S-Klasse einsteigen. Die umliegenden Reviere, besonders das für den Bereich Ückeritz zuständige in Koserow, sollten informiert und sensibilisiert werden.

Sie stützten dabei ihr Wissen auf die Mitteilung eines vermeintlich anonymen Hinweisgebers. Da würde niemand groß nachfragen und Hannes brauchte sich nicht zu erklären.

Es gab jetzt zwei große Baustellen im Kommissariat Heringsdorf. Zunächst eine Bande von Autoknackern, die weitere Diebstähle in Planung hatte.

Und noch viel schlimmer: eine ermordete Frau.

Hannes liebte seinen Job. Dabei besonders die größeren Herausforderungen.

Nach einigen Telefonaten übertrug ihm seine Chefin aus Anklam zumindest für den Anfang die Leitung der Ermittlungen im Mordfall Heike Sattler.

Sie wusste, dass sie sich auf ihn verlassen konnte und schätzte ihn als kompetenten Ermittler.

Hannes durfte sich sein Team aus der Kollegenschaft in Heringsdorf zusammenstellen. Natürlich wählte er neben anderen eben Katrin aus. Das gemeinsame Bier und der immer vertraulichere Umgang miteinander hatten ihn dazu geführt, sie mit anderen Augen zu sehen. Sie war clever und intelligent. Er konnte ihr blind vertrauen. Zudem empfand er sie als sehr attraktiv.

„Die endgültigen Ergebnisse der Gerichtsmedizin liegen jetzt vor. Willst du sie hören?"

Katrin steckte ihren Kopf wieder durch seine Bürotür. Gleichzeitig wedelte sie mit einem Stapel von Papieren. Er wollte, jedoch gab es dabei nicht viel Neues.

Der Zahnabgleich und Rücksprache mit dem Zahnarzt der Toten in Bremen bestätigte die Identität von Heike Sattler. Ihr Mageninhalt ließ erkennen, dass sie vor ihrem Tod offensichtlich in einem italienischen Restaurant gewesen sein musste, denn man fand Reste von Pizza, Salat und Wein.

Die DNA des gefundenen Spermas konnte man keiner polizeilich bekannten Person zuordnen.

„OK, Katrin. Wir erstellen jetzt eine „To-do-Liste". Es gibt so einiges zu überprüfen. Du versuchst den Physiotherapeuten und diesen Arzt auf dem von Heike Sattler geschriebenen Zettel zu erreichen bzw. zu befragen.

Ich werde mich um die acht oder neun italienischen Restaurants auf Usedom kümmern. Kannst du mir mal ein Foto von Heike Sattler ausdrucken?"

Kai bat seinen Besucher mit einem leichten Wink der Hand hereinzukommen. Er holte zwei Schnapsgläser und stellte sie auf ein zu einem Tisch umfunktioniertes Weinfass. Beide nahmen dann auf einfachen Barhockern Platz. Sie blickten sich zunächst wortlos an.

„Magst einen Schnaps?" fragte Kai seinen Besucher. Er wartete dessen Reaktion gar nicht ab, sondern schenkte beide Gläser mit klarem Korn voll.

„Du bist ja schon lange nicht mehr hier gewesen."

Der kräftige, hochprozentige Korn rann beiden Männern die Kehle herunter und ließ sie Momente später eine wohlige Wärme verspüren. Beide wirkten sofort vertraut miteinander. Es war ihnen anzusehen, dass sie sich schon lange kannten.

„Wie geht es dir? Was macht die Familie?" fragte der Besucher kurz angebunden.

„Irgendwie hatte ich einfach mal das Bedürfnis, dir wieder „Hallo" zusagen!"

Kai schenkte nach. Beseelt vom Schnaps erzählte er von der Familie, seinem Boot, vom Fischfang, seinen Kunden und den Ereignissen um die tote Frau. Sein

Besucher hörte wortlos zu. Er zeigte nicht eine Regung. Kai kannte ihn nicht anders. Es war seit vielen Jahren so. Obwohl er ebenfalls auf Usedom wohnte und arbeitete, schaffte es der Besucher nur noch selten, bei Kai vorbeizuschauen.

War es sein stressiger Job? Oder der Wunsch sich von allem etwas distanzieren zu wollen, um wenigstens so unauffällig, mit freien Gedanken leben zu können?

Der Mann vor Kai hatte sich in den vergangenen Jahren sichtlich verändert. Weniger in seinem Aussehen, dafür mehr in seinem Wesen.

Er wirkte mit jedem Treffen unruhiger, war gehetzt und hochnervös.

Ein bestimmtes Thema durfte Kai auf keinen Fall mehr ansprechen, obwohl er es gerne gewollt hätte. Er ahnte, dass es seinem Besucher immer schlechter ging und hoffte für ihn, dass die Ursache seines Leidens bald beendet sein würde.

„Ich habe noch etwas geräucherten Lachs hier. Möchtest du ihn mitnehmen?"

Der Besucher stand gedankenverloren auf, winkte ab und verließ schweigend die Fischbude.

„Der arme Kerl" seufzte Kai.

Nachdem beide das italienische Restaurant auf der Seebrücke verlassen hatten, trafen sie sich in einer ruhigeren Seitenstraße von Heringsdorf.

Kaum, dass er bei ihr war, überfiel sie ihn mit wilden und verlangenden Küssen. Umarmte ihn, ließ ihre Hände frech in seine Lendengegend wandern und stöhnte leicht in sein Ohr.

„Die Lady ist heiß. Sie weiß sehr genau, was sie will" dachte er. Sein Kopf hämmerte. Eine wohlbekannte Stimme übertönte seine Gedanken.

„Nimm sie. Bring sie mir. Sie ist genau richtig. Ich fühle mich so allein hier!"

Es ging zu schnell. Er würde bald Fehler machen und dann wäre alles zu Ende. Er wehrte sich gegen ihre Stimme, flehte sie innerlich an, ihn in Ruhe zu lassen.

„Du musst das machen. Du hast es mir die ganzen Jahre über versprochen. Bitte hilf mir und bring mir eine neue Freundin!" Die Küsse der jungen Frau, ihr wildes Verlangen und der Druck, seiner Geliebten gerecht zu werden, ließen seinen Widerstand brechen.

„Ok, du wilde Katze." flüsterte er der Schönheit vor ihm ins Ohr. „Ich habe ein kleines Appartement in der Seestraße. Da sind wir ungestört. Möchtest du mir zeigen, was du draufhast."

Seine flache Hand klatschte einmal kräftig auf ihren Po.

„Aber ich muss dich vor mir warnen, ich bin ein böser, böser Mann!"

Sie quittierte das mit einem erwartungsvollen Lächeln, nahm seine Hand, lief mit ihm in die nur wenige hundert Meter entfernte Seestraße, wo beide im
Appartementhaus verschwanden.

Das Appartementhaus bestand aus fünfundzwanzig
Ein- bis Zweizimmerwohnungen, die fast ausschließlich an Kurgäste oder Touristen auf Zeit vermietet
wurden. Eigentümer der Appartements waren zu-
meist wohlhabendere Menschen, die diese Appartements als Wertanlage oder Abschreibungsobjekte
nutzen, aber nie selbst dort Urlaub machten.

So nahm niemand Notiz von einem Paar, dass eng
umschlungen den Hausflur betrat und schließlich im
ersten Stock in einer der vielen Wohnungen verschwand. Kaum hatten sie die Wohnungstür ge-
schlossen, öffnete die junge Frau den Hosenschlitz ihres Begleiters, kniete sich vor ihm hin und ließ sein
herausschnellendes hartes Geschlechtsteil tief in ihrem Mund verschwinden. Schmatzend und mit stöh-
nenden Lauten saugte sie daran, bewegte ihren Kopf
vor und zurück. Sanft kraulte sie seine Eier.

Nach einigen genussvollen Momenten zog er sie wieder hoch. Mit einem Lächeln deutete er auf die zum
Schlafzimmer hin offenstehende Tür.

Während sie sich in Windeseile ihre ohnehin schon
knapp bemessene Bekleidung vom Körper riss, entle-
digte er sich zunächst seines Hosengürtels und legte

diesen wie selbstverständlich, eher unverfänglich auf das Bett.

Sie hüpfte hinein, legte sich breitbeinig vor ihn, leckte sich mehrfach und frech provozierend mit der Zunge über ihre Lippen. Gleichzeitig beobachtete sie mit wollüstigen Blicken, wie er sich langsam auszog.

„Welch ein Kerl. Schlank. Muskulös. Eine geile Figur und sicher sehr erfahren. Mit dem werde ich richtig Spaß haben." dachte sie.

Er wusste damit umzugehen. Als er sie zusätzlich mit seinem Finger penetrierte, konnte sie ihren ersten Orgasmus nicht mehr aufhalten. Sie ließ sich fallen, ließ ihren entspannten Körper zucken und schrie ein lautes „Jaaa" heraus.

Ihre Gier kannte in diesem Moment keine Grenzen mehr. So gut hatte sie schon lange nicht mehr gevögelt. Sie wusste, dass ihr dieser Mann genau das geben konnte, was sie brauchte.

Zarter Sex war schon ganz Ok. Aber sie wollte auch die harte Tour. Das machte sie so richtig an und brachte sie in gedankenlose Leidenschaft.

Richtig harte Stöße, ein paar Klatscher auf den Arsch und etwas an den Haaren ziehen. Genau das erhoffte sie sich jetzt von ihm.

„Komm, du böser, böser Mann. Mach jetzt richtig böse Sachen mit mir. Fick mich, benutze mich, sei nicht zimperlich. Ich brauche das!"

Mit dieser Aufforderung drehte sie sich um, beugte ihren Oberkörper ins Kopfkissen und zog mit beiden Händen die Arschbacken auseinander, um ihm ihre nassglänzende Möse anzubieten. Sekunden später drang er tief in sie ein. Das entlockte ihr weiteres hemmungsloses Stöhnen.

Ein paar Stöße später bemerkte sie, wie er ihr seinen Hosengürtel um den Hals legte und sanft zuzog.

„Wow…" dachte sie. "Der Kerl hat Stil. Ich wusste, dass er versteht, was ich will!"

Es machte sie wahnsinnig an. Sie spürte das Kommen ihres nächsten Orgasmus und sie bemerkte mit wohligem Gedanken, dass er den Gürtel fester zuzog.

Die Luft blieb weg. Aber er würde ja gleich wieder aufmachen. Nein, er zog noch härter zu.

Das durfte er so nicht machen, ging ihr etwas zu weit.

Sie versuchte zu atmen, schaffte es jedoch nicht mehr.

Eine Hand versuchte reflexartig den Gürtel vom Hals zu reißen. Wie hartes Eisen schnürte das Leder ihre Luftröhre zu, ließ keine Chance, mit den Fingern dahinter zu greifen.

Durch seine harten Stöße verlor sie immer wieder das Gleichgewicht und fiel ins Kissen zurück.

Sie wollte schreien, aber der Gürtel nahm ihre Stimme. Ihr Kopf rauschte, explodierte. Eine Flut von Gedanken durchlief sie und ließ die Welt anschließend dunkel werden.

„Ich weiß, ich bin ein böser, böser Mann. Doch ich kann nicht anders. Meine Liebste ist mir dankbar dafür." murmelte er leise, als er sich wieder anzog.

Schon gut 30 Minuten später war die Tote in Plastikplane verpackt. Er schleppte sie in die Tiefgarage, hüllte sie in eine zusätzliche Decke und legte sie auf dem Boden des Fahrgastraumes seines T6 ab. Gleich morgen in aller Frühe wollte er das Geschenk an die Liebste überbringen.

Bis dahin legte er sich schlafen.

Dariusz wartete geduldig.

Locke hatte ihm grünes Licht für den T6 des Arztes gegeben.

Der Wagen war die letzten Tage nicht bewegt worden, stand warm und trocken in der Tiefgarage des Appartementhauses. Das konnte er vorweg schon auskundschaften. Im Haus selbst gab es auf allen Etagen nur wenig Bewegung. Anscheinend waren aufgrund der ungemütlichen Jahreszeit nur wenige Appartements vermietet.

Noch Stunden zuvor hatte er an der Arztpraxis in der Friedenstraße gestanden und darauf gewartet, dass der Arzt herauskommt.

Dariusz wollte keine bösen Überraschungen erleben. Er wollte sicher gehen, dass der Arzt nicht gerade zufällig zu seinem Fahrzeug kam, während er sich daran zu schaffen machte. Dieser ging nun zielstrebig in Richtung Seebrücke. Dariusz ahnte, dass ein Besuch des Stamm-Italieners anstehen würde. Das konnte er zuletzt mehrfach beobachten.

Er folgte ihm in einem ausreichenden Abstand, schlenderte als interessiert wirkender Tourist den Weg über die breiten Holzplanken zum Restaurant auf der Seebrücke und konnte durch die Fenster hindurch erkennen, dass der Arzt Platz nahm. Der Chef des Restaurants kam sofort auf seinen Gast zu und bediente ihn.

Es war nur eine Frage der Zeit, wann der Arzt das Restaurant wieder verließ. Meistens lief er anschließend zu seiner Wohnung, die über der Praxis in der Friedenstrasse lag oder zum eigenen Appartement in der Seestraße.

Der unauffällige Schatten des Restaurantgastes wartete ca. anderthalb Stunden auf der Promenade, als zunächst eine sehr gut aussehende junge Frau leicht grinsend an ihm vorbeilief und einige Male zum Restaurant zurücksah.

Er konnte es sich nicht verkneifen, ein paar Blicke auf sie zu werfen. Ihre enge Jeanshose zeichnete deutlich ihren kleinen runden Arsch ab und ließ Dariusz schnalzen. Sie bewegte sich figurbetont. Das Mädel wusste, dass einige Männer bestimmt hinter ihr hersehen würden.

Warum sie mehrfach zurücksah, war ihm schnell klar. Nur fünfzehn Minuten später kam der Arzt aus dem Restaurant. Er folgte ihr recht zügig, um sie Momente später in der nächsten Seitenstraße zu treffen. Die beiden fielen sofort übereinander her. Die Kleine ging dabei recht offensiv vor.

„Oh Mann, wie macht dieser Kerl das nur, dass er diese geilen Weiber abschleppt!" dachte Dariusz mit leichtem Neid.

Allerdings war es ihm in dieser Situation nur recht. Der Arzt würde sich bei diesem heißen Gerät das Hirn rausvögeln und hinterher schön müde in die Kissen fallen. Perfekt!

Das Licht in einem Appartement im ersten Stock des Hauses ging an. Gleichzeitig auch das

Kopfkino von Dariusz. Er dachte darüber nach, dass es Zeit war, sich mal wieder in einem Puff von Swinemünde sehen zu lassen. Das würde auf jeden Fall im Anschluss an seinen Job auf dem Plan stehen. Er wusste schon sehr genau, welchen Typ Frau er sich in dem Etablissement aussuchen wollte.

Gut zwei Stunden später erlosch das Licht im Appartement. Das Signal für den auf der Straße wartenden Mann, seine Arbeit in Kürze zu beginnen.

„Da hast du ja genau die richtigen Leute in Zinnowitz belauscht" begann Katrin.

„Das Fahrzeug mit dem von dir abgelesenen Kennzeichen gehört einem Peter Brügge. Kein Unbekannter. Früher eine kriminelle Größe in Hamburg. Er ist Spezialist für Autoschiebereien. Mittlerweile soll er sich ruhiger verhalten. Der hat doch tatsächlich seinen Wohnsitz nach Usedom verlegt. Es gibt angeblich gute Kontakte nach Swinemünde ".

Die Lage im Kommissariat Heringsdorf spitzte sich zu. Sie war für das relative kleine Ermittlerteam kaum zu schaffen. Hannes wusste, dass er sowohl weitere Unterstützung der örtlichen Polizeidienststellen als auch durch Beamte/innen aus Anklam brauchte.

Aufgrund des an das Kommissariat vermittelten anonymen Hinweises auf anstehende Autodiebstähle in den nächsten Tagen hatte er mit dem Einsatzleiter der uniformierten Polizei Heringsdorf und führenden Beamten der Bundespolizei gesprochen. Beide sagten eine Verstärkung ihrer Kräfte mit erhöhter Aufmerksamkeit zu.

Alle beteiligten Dienststellen erhielten die bekannten Informationen über Peter Brügge und seine Bande.

„Was haben deine Besuche beim Physiotherapeuten und diesem Arzt ergeben?" fragte Hannes.

Katrin hatte erfahren, dass Heike Sattler aufgrund vorgegebener Rückenschmerzen einen Behandlungstermin in einer physiotherapeutischen Praxis wahrgenommen hatte. Weitere verabredete Termine ließ sie unentschuldigt verstreichen.

Die Praxis des Lungenfacharztes suchte sie nach Angaben der befragten Sprechstundenhilfe zwei Mal auf. Leider konnte Katrin den behandelnden Arzt nicht persönlich befragen, da dieser zu einem dringenden Hausbesuch gerufen worden war. Das musste sie später nachholen.

„Meine Befragungen in den italienischen Restaurants von Usedom verliefen alle negativ.

Niemand konnte sich an Heike Sattler erinnern. Dabei fällt mir ein: Katrin, ich würde dich gerne mal ins Restaurant auf der Seebrücke einladen. Ist echt nett da!"

Das Telefon klingelte. Hannes nahm den Hörer ab, hörte dem Anrufer eine Weile zu, stellte zwei Zwischenfragen und erklärte dann dem Anrufer: „Wir kommen. Sind in etwa 30 Minuten da!"

Mit düster aussehender Mine guckte er Katrin an: „Wir haben eine weitere Leiche. Auch in eine Plastikplane eingewickelt. Ein Freizeitschiffer hat sie vor Karlshagen im Meer treibend sehen. Die Wasserschützer haben sie geborgen und in den Hafen von Peenemünde gebracht. Die warten da jetzt auf uns."

Locke gab den beiden Polen nochmals Anweisungen.

Sie hatten sich in einem kleinen Café an der Promenade von Zinnowitz etwas abseits an einen Tisch gesetzt, so dass niemand ihre leisen geführten Gespräche verstehen konnte. Dem Aussehen nach waren sie schon sonderbare Typen. Zwei kantige Osteuropäer und ein Glatzkopf in einem Nadelstreifenanzug.

„Das Fahrzeug steht am Ende der Ackerstraße in Ückeritz. Ist nicht zu übersehen. Da liegt ein schickes, nobles Haus mit Carport davor. Die Leute gehen meistens so gegen 23.00h schlafen. Wir fahren hin und beobachten das Haus eine Weile. So gegen 02.00h könnt ihr loslegen, dann liegen Hausbewohner bestimmt im Tiefschlaf.

Ich halte mich in der Nähe auf und werde auf die Bullen achten. Ist eher unwahrscheinlich, dass die ausgerechnet da aufkreuzen. Aber man weiß ja nie. Hier ist der Schlüssel für den Wagen."

Die beiden Polen wussten, dass es wohl ein eher leichterer Job werden würde. Locke hatte Beziehungen zu einem Mechaniker des Autohauses, zu dem die Eigentümer ihr Fahrzeug regelmäßig zu Inspektionen brachten. Für den Mechaniker war es ein Kinderspiel, den Schlüssel und die Kodierung zu kopieren. Gegen entsprechende Bezahlung hatte er das gerne gemacht.

Mit einem Nachschlüssel ein Fahrzeug zu klauen, bedeutete ein deutlich geringeres Risiko.

Bei Bogdan in Swinemünde war so weit alles vorbereitet.

Die beiden Polen mussten den BMW nur über die ohnehin offene und wenig kontrollierte Grenze bringen. Bogdan kümmerte sich um den weiteren Weg des Fahrzeugs.

Was den drei Männern in ihrem intensiven Gespräch nicht auffiel war, dass sie intensiv beobachtet wurden. Katrin hatte nach einer Halterfeststellung für den Mercedes S-Klasse eine durchgehende Überwachung von Peter Brügge durch Kollegen/innen des Kommissariats veranlasst.

Diese ließen den nichts ahnenden Glatzkopf Locke nicht mehr aus den Augen.

Im Kriminalkommissariat Heringsdorf lief die gleiche Maschinerie an, wie nach dem Fund der ersten Leiche in Ahlbeck.

Tatsächlich wiesen alle Merkmale dieses neuen Frauenmordes darauf hin, dass es einen Zusammenhang zwischen beiden Fällen gab. Die zweite Leiche war in eine ähnliche Plastikplane eingewickelt gewesen, wie die erste. Auch sie war nach Untersuchungen der Gerichtsmedizin mittels eines Gürtels stranguliert worden. Man fand Sperma im Intimbereich der Frau, das nach schnellen Untersuchungen dieselbe DNA aufwies.

Diese Tote konnte nur wenige Tage im Wasser getrieben haben. Nach Überprüfung der Strömungsverhältnisse in der Ostsee vermuteten die Wasserschützer erneut, dass der Einlass des Paketes im Bereich der Greifswalder Oie erfolgt sein musste.

„Ich habe die Vermutung, dass die zweite Leiche auch Gast in einem Kurhotel in Heringsdorf gewesen ist. Wir müssen die Hotels abklappern. Vielleicht gibt es irgendwo Unstimmigkeiten oder diese Frau wird tatsächlich schon vermisst." erklärte Hannes.

„Katrin, kannst du dich mit den Kollegen ans Telefon setzen und rumfragen?"

Katrin konnte natürlich. Es dauerte nicht lange, bis diese Suche zu einem Erfolg führte.

In der Kurklinik in der Delbrückstraße hatte sich eine Unternehmensberaterin als Kurgast aufgehalten. Sie war ein paar Tage nicht mehr zum Frühstück gesehen worden. Fest gebuchte Termine zu Kuranwendungen hatte sie einfach verstreichen lassen und war nicht erschienen.

Da Diskretion großgeschrieben wurde, hatte die Klinikleitung abwarten wollen und zunächst keine Veranlassung gesehen, die Polizei zu verständigen. Es kam häufiger vor, dass Gäste zu Beginn einer Kur ihren Rhythmus finden mussten und ein kaum nachvollziehbares Verhalten an den Tag legten. Späterhin regelte sich das jedoch.

Katrin und Hannes ließen sich in der Kurklinik das Zimmer der Unternehmensberaterin Sandra Nägele zeigen. Wie bei Heike Sattler gab es keine Hinweise, dass eine vorzeitige Abreise stattgefunden hatte. Die Dame hatte ihr Zimmer verlassen, um sich mit jemandem zu treffen oder kurzfristig etwas zu unternehmen.

Dem Anschein nach wäre sie aber bestimmt wieder zurückgekommen.

Die Identifizierung der Leiche anhand der gefertigten Fotos war schnell über das Personal an der Rezeption der Kurklinik erfolgt.

Die verständigte Spurensuche kümmerte sich hiernach intensiv um das Hotelzimmer der Toten.

Man versuchte, mögliche Kontakte der Unternehmensberaterin vor ihrem Tod zu recherchieren.

Wichtige Hinweise erhofften sich die Ermittler/innen zunächst von dem Arzt der Kurklinik, der üblicherweise die Aufnahmegespräche durchführte und eine Kurrichtlinie festgelegt hatte. Der stand nun im Arztzimmer der Klinik mit den Unterlagen seiner ehemaligen Patientin vor ihnen. Er redete schnell, mit nuscheliger Aussprache, war kaum zu verstehen.

„Ah ja, ich erinnere mich. Attraktive Frau. Wurde von ihrem Hausarzt aufgrund einer chronischen Bronchitis zu uns geschickt. Ich habe zwar einige Untersuchungen machen können, wollte aber, dass sie sich von meinem Kollegen, einem Lungenfacharzt, nochmal genauer untersuchen lässt. Aufgrund der Schwere des Krankheitsverlaufes hielt ich das für angebracht. Ich habe sie nach einem Anruf bei meinem Kollegen gleich zu ihm weiterschicken können.

Warten sie mal, ich gebe ihnen gleich die Adresse seiner Praxis."

Für Hannes und Katrin war es Zeit, wieder ins Kommissariat zurückzukehren. Die Ereignisse überschlugen sich auch dort.

Weitere Ermittlungen bei diesem Lungenfacharzt wollten sie später durchführen.

Dariusz war stolz auf seine gut durchdachten Vorbereitungen. Da konnte ihm keiner so schnell etwas vormachen.

Nicht mal zwei Minuten nachdem er das Tor der Tiefgarage mit einem Kurzschluss und anschließendem Hochschieben geöffnet hatte, saß er im T6 des Arztes. Langsam fuhr er die Garagenausfahrt zur Seestraße hinauf.

Die Umgebung hatte er vorher abgecheckt. Um diese Zeit war fast nie Polizei in Heringsdorf unterwegs. In der Nachbarschaft des Appartementhauses schienen alle zu schlafen.

Dariusz steuerte auf die L 266 zu. Er wollte auf der Swinemünder Chaussee die offene Grenze nach Polen überfahren. Nach einigen hundert Metern Fahrt schaute er mit einem schnellen Blick in den Fahrgastraum des T6. Dabei bemerkte er zunächst aus den Augenwinkeln heraus einen größeren, mit einer Wolldecke umwickelten Gegenstand am Boden liegen.

„Hmmm, was hat mir der Doktor denn da noch mitgegeben" grübelte Dariusz.

Er witterte ein kleines Nebengeschäft mit dem Teil, das sich darunter verbarg.

Wenn er den T6 in Swinemünde ablieferte, würde das an den Chef der Werkstatt gehen. Er selbst hätte nichts davon. Warum also nicht nachgucken?

Sein eigenes Auto stand nicht weit weg auf einem abgelegenen Parkplatz an der Bülowstraße.

Kurzer Umweg dahin, umladen! So einfach war das. Niemand würde nach dem Gegenstand fragen, weil keiner außer ihm davon wusste. Minuten später fuhr er mit dem entwendeten T6 an sein Auto in der Bülowstraße heran. Dariusz öffnete die Schiebetür des VW, nahm die Wolldecke herunter und bekam einen kurzen Schock, als er die Form des in Plastikplane eingewickelten Gegenstandes sah.

„Was ist das denn?"

Er befühlte die Oberfläche der Plane. Sofort war ihm klar, um was es sich handelte. Nach Lösen einer

Schnur, mit der das Paket umwickelt war, konnte er die Plane etwas wegschieben und bekam so Sicht auf den Inhalt. Eine Frauenhand streckte sich ihm entgegen.

„Oh Mann, was geht hier denn ab. Der Doktor hat eine Leiche in seinem Auto versteckt. Ist das die kleine Süße von gestern Abend?"

Dariusz wollte es gar nicht wissen und schob die Plane nicht weiter hoch. In einem kleinen blauen Sack neben der Leiche fand er Bekleidungsstücke.

Es waren genau die Klamotten, die die junge Frau abends zuvor im Restaurant, beim Treffen mit ihrem Liebhaber, getragen hatte. Daran konnte er sich erinnern. Den sonst abgebrühten, mutigen Kerl ließ die Situation nun doch in leichte Panik versetzen.

Autodiebstahl ja, aber mit Leichen oder sogar Mord wollte er nichts zu tun haben.

„Scheiße, was mach ich jetzt. Ich kann den Wagen doch nicht mit einer Leiche bei Bogdan abliefern. Der macht mich fertig. Nachher heißt es, ich will ihm was unterschieben. Den Wagen wieder zurückbringen? Unmöglich! Viel zu gefährlich!"

Dariusz musste handeln. Das tat er, indem der den Kofferraum seines eigenen Wagens öffnete und das verschnürte Paket darin verschwinden ließ. Er würde jetzt erstmal den T6 in Swinemünde abliefern. Später würde er die Tote beseitigen.

Sein Kopf ratterte. „Wohin damit? Wie mach ich das?"

Auf dem Weg nach Swinemünde überlegte er sich, wie er mit dem Arzt umgehen sollte. So einfach kam der ihm nicht davon. Der Autodieb war sich sicher, dass er hier noch einiges für sich herausschlagen konnte. Die Grenze nach Polen war überfahren und er stand vor dem Eingangstor einer großen Werkstatt.

„Wenigstens das hat heute gut funktioniert!"

Hannes befand sich in seinem Büro. Während er Stücke einer vorher bestellten Pizza aß, guckte er verstohlen zu der ihm gegenübersitzenden Katrin.

Sie gefiel ihm schon. Durch die zurzeit engere Zusammenarbeit kam er ihr näher, was ihm nicht unangenehm war. Eine intelligente Frau, aufmerksam, fleißig, clever. Zudem noch sehr hübsch.

Wenn sie vor ihm stand und ihn mit ihren braunen Augen ansah, konnte er nicht leugnen, dass es in seiner Bauchgegend leicht kribbelte. Hatte er sich etwa in seine Kollegin verknallt?

Es war ein Grundsatz von ihm, zu keiner Zeit etwas mit einer Kollegin anzufangen.

Ihm war nicht entgangen, dass sie seine Nähe suchte. Sie ließ keine Gelegenheit aus, ihn zu berühren oder Kontakt zu suchen. Empfand sie ähnlich wie er?

Hannes nahm sich vor, ihr Verhalten bei einer Verabredung zum Essen intensiver zu beobachten.

„Die Kollegen, die diesen Peter Brügge und die beiden anderen Typen observieren, haben die Vermutung, dass es heute Nacht losgehen könnte. Die Bande ist zwei Mal eher unauffällig an einem Haus in Ückeritz vorbeigefahren. Vor diesem Haus stand ein dicker BMW. Auf den könnten sie es abgesehen haben. Ich denke, wir müssen heute mal eine Nachschicht einlegen. Hast Du schon was vor?" fragte Katrin.

Hatte er nicht.

Diese Szenerie wollte er sich auf keinen Fall entgehen lassen.

Wann bekam man mal die Gelegenheit, polnische Autoknacker auf frischer Tat zu stellen. Es war ihm eine innere Freude, denn es waren ja die Typen, die er seinerzeit auf der Promenade in Zinnowitz beobachtet hatte.

Vorweg musste noch einiges organisiert werden. Das Personal auf dem Kommissariat in Heringsdorf war knapp. Hannes erhielt deswegen von der Bundespolizei die Zusage, im Bedarfsfall auf zwei Streifenwagen zugreifen zu können. Zu den Streifenwagenbesatzungen musste ein Kontakt hergestellt werden.

Die Bande sollte keine Möglichkeit haben, zu entkommen. Es durfte kein Fehler gemacht werden, man musste strategisch gut durchdacht vorgehen. Die Typen waren kräftige Kerle. Mit denen wäre im Fluchtfall nicht zu Spaßen.

Die Zusammenarbeit der zivilen und uniformierten Polizisten lief ausgesprochen gut. Zudem so unauffällig, dass die Autodiebe nichts merkten.

„Gibt es eigentlich noch etwas Neues in unseren beiden Mordfällen?" fragte Hannes.

Er wurde von pulsierenden Schmerzen in seinem Kopf geweckt.

Unbändiger Druck, als wenn sein Kopf in einem Schraubstock stecken würde. Dazu immer wieder ihre Stimme.

„Liebster. Bring sie mir endlich. Lass mich nicht warten. Es ist so dunkel hier. Ich bin so allein!"

Schwerfällig und leicht stöhnend bewegte er sich aus dem Bett. Nicht ein Gedanke an das Stunden zuvor Geschehene machte sich bei ihm breit.

Vielmehr versuchte er, die immer wiederkehrende Stimme zu beruhigen.

„Ja Liebes, hab Geduld. Es dauert nicht mehr lange, dann ist sie bei dir. Du wirst sehen, ein hübsches Mädchen. Ihr habt bestimmt Spaß und werdet Freundinnen."

Sein elektronischer Wecker zeigte in roten Zahlen 02.30 Uhr. Genau die richtige Zeit, um sein Werk zu vollenden. Ohne jetzt noch Zeit zu verlieren zog er sich an, warf sich eine Jacke über, nahm die Autoschlüssel von der Kommode im Flur und verließ seine Wohnung. Er würde den üblichen Weg bis zum Hafen von Peenemünde fahren. Wie schon zuvor. Es war fast Routine.

Der Seewetterbericht vor einigen Stunden hatte eine ruhige See vorausgesagt. Entsprechend glaubte er, relativ schnell wieder zurück zu sein.

Der Fahrstuhl des Hauses in der Seestraße brachte ihn in die Tiefgarage. Gedankenverloren ging er auf seinen Stellplatz zu.

Sein Instinkt ließ ihn sofort richtig wach werden. Da war etwas anders. Das konnte nicht sein!

Spielten ihm die Kopfschmerzen in diesem Moment einen Streich? Wo war sein weißer T6?

Blitzschnell schossen ihm nun die Gedanken durch den Kopf. Was war gestern?

Doch, die Kleine war bei mir und ich habe sie in den T6 gelegt. Aber wo war der Wagen jetzt?

Er sah sich in der Tiefgarage um. Die meisten ihm bekannten Fahrzeuge anderer Eigentümer oder Gäste standen auf ihren Stellplätzen. Nur sein Fahrzeug war nicht mehr da. Das Rolltor zur Tiefgarage stand offen.

Normalerweise schloss das automatisch, sobald man in die Tiefgarage eingefahren war oder sie verlassen hatte. Da stimmte etwas nicht. Nach näherem Hinsehen bemerkte sofort den aufgebrochenen Kasten des elektronischen Schließmechanismus.

Sein T6 war gestohlen worden. Mit ihm das Geschenk, das er seiner Liebsten machen wollte. Er zwang sich ruhiger zu werden. Atmete tief ein. Dachte nach. Wer hatte das gemacht?

Was konnte weiter passieren? Würde man wegen der Leiche auf ihn kommen oder etwas auf ihn zurückführen können? Wie würden die Autodiebe reagieren, wenn sie auf die Tote im Auto stießen?

Hätte er von denen etwas zu erwarten?

Fragen jagten durch seinen Kopf. Er versuchte, seine Gedanken zu sortieren.

Sollte er die Polizei einschalten?

Nein keinesfalls. Das war unmöglich. Sein schlimmster Gedanke war, dass seine Liebste nun keine weitere Gespielin bekam.

Er lief durch das offene Tor der Tiefgarage in die kühle Nacht hinaus. Der Gang durch die Straßen von Heringsdorf bis zu seiner Wohnung über der Arztpraxis in der Friedenstraße kühlte die anfängliche Aufregung und Verzweiflung etwas runter.

Er musste jetzt abwarten. Aufpassen, dass er keinen Fehler machte.

Würde er etwas Zeit ins Land gehen lassen und niemand auf ihn zukommen, war anzunehmen, dass die Autodiebe die Leiche entsorgt hatten. Das wäre für ihn die optimale Lösung.

Eine Diebstahlsanzeige wegen seines Wagens wollte er auf keinen Fall erstatten. Sollten die doch mit dem T6 machen, was sie wollten. Den hatte er schon abgeschrieben.

Wenn Gras über die Sache gewachsen war, konnte er immer noch entscheiden, wie er damit umgehen wollte.

„Liebster, ich warte. Warum bringst du mir niemanden?" Da war sie wieder. Ihre drängende Stimme in seinem Kopf. Seine Geliebte hörte nicht auf, bis sie das bekam, was sie wollte.

Er konnte nicht vor ihr flüchten, konnte auch seinen Kopf nicht ausschalten. Sie war immer bei ihm. Schon viele Jahre. Im Zwiegespräch gelang es ihm kaum, sie zu beruhigen.

Nur sein Versprechen, einen Ersatz für die im T6 verschwundene junge Frau zu finden, besänftige sie. Er legte sich für den Rest der Nacht schlafen.

Locke saß mit seinen beiden polnischen Begleitern im S-Klasse-Mercedes und fuhr in Richtung Ückeritz. Auf den sonst üblichen Chauffeur hatte er verzichtet. Bei dem Ding, was sie jetzt drehen wollten, konnte er sich nur auf sich selbst verlassen.

Er wusste von seinen beiden Begleitern, die Bogdan ihm zur Unterstützung geschickt hatte, dass sie nicht die hellsten waren. Schon beim letzten Diebstahl hatten die sich dusselig angestellt. Dieses Mal sollte alles funktionieren. Er war gut vorbereitet.

Und zwar so gut, dass er sogar an seine Walther PPK gedacht hatte, die jetzt in einem Schulterholster an seiner linken Körperseite hing. Die Waffe hatte er sich damals in Hamburg auf dem Kiez besorgt. Die PPK war in all den Jahren seine treue Begleiterin. Klein, handlich und zudem sehr treffsicher.

Sie hatte seinerzeit sogar für Respekt bei den Tschetschenen oder Russen im Hamburger Milieu gesorgt. Es war riskant, sie bei sich zu führen. Aber er glaubte, dass gerade auf Usedom die Polizeikontrollen so selten waren, dass er gar nicht in die Verlegenheit kam, erwischt zu werden.

Eines würde er auf keinen Fall mehr wollen. Nach einem Autodiebstahl von der Polizei gefasst werden und in den Knast gehen. Man würde ihn aufgrund seines Vorstrafenregisters für Jahre aus dem Verkehr ziehen. Wenn er irgendwann die Haft beendet hätte, wäre er ein alter Mann.

Nein. In dieser Lage musste er alles daransetzen, um nicht gestellt zu werden. Notfalls auch schießen.

Locke war jedoch entspannt. Was sollte schon passieren. Alles war gut durchdacht. Gegen 02.00 Uhr kamen sie in den Einmündungsbereich des Ackerweges. Locke wollte seinen Mercedes hier parken.

Ein idealer Standort, von dem aus er nach Bullen Ausschau halten und die anderen warnen konnte.

Die beiden Polen stiegen aus. Der Plan war, dass sie zu Fuß zu dem BMW laufen sollten. Ein kurzer Check. Hatten sie den Nachschlüssel für den BMW dabei?

Es wurde eine dauerhafte Handyverbindung hergestellt. Das gab ihnen die Möglichkeit, bei der kleinsten Unstimmigkeit den jeweils anderen zu warnen oder die Aktion sofort abzubrechen.

Sie würden einige Minuten brauchen, um an das Haus zu kommen. Weitere Zeit nahm die Beobachtung der Umgebung in Anspruch.

Wenn für sie alles OK war, sollten sie loslegen. Sobald sie mit dem BMW aus der Ackerstraße heraus an ihm vorbeigerauscht waren, würde er sie in sicherer Entfernung bis nach Polen hinein verfolgen, um später wieder mit ihnen zusammen zu kommen.

Locke zündete sich entspannt eine Zigarette an. Geduldig wartete er auf die Vollendung seiner guten Vorplanung.

Was er nicht registrierte, war ein in einiger Entfernung stehender dunkler Kastenwagen mit abgedunkelten Scheiben, in dem zwei Kripobeamte saßen. Die hatten sowohl ihn als auch den Einmündungsbereich der Ackerstraße voll im Blick.

Ebenso wenig sah er das Fahrzeug, in dem Hannes und Katrin saßen. Beide waren ein Stück weiter die Ackerstraße hinauf positioniert, was ihnen den Einblick in fast die gesamte Straße sowie zum Grundstück ermöglichte, auf dem der BMW X5 stand.

Nachdem die Begleiter von Locke ausgestiegen waren, gaben die im Kastenwagen sitzenden Kollegen das über Funk an alle eingesetzten Polizeikräfte weiter.

Momente später schlenderten die Autodiebe in gemächlichen Schritten auf den Tatort zu.

„Siehst Du das, Katrin? Einer der beiden hat sein Handy am Ohr. Ich wette, die haben Verbindung zu ihrem Chef." gab Hannes von sich.

Katrin war mittlerweile sehr aufgeregt und in ihrer Nervosität kaum zu bremsen.

Der verantwortliche Direktionsleiter der Bundespolizei hatte ihnen sogar drei Streifenwagen zugesagt, die sich nach zwischenzeitlicher Kontaktaufnahme in eine strategisch gute Position bringen konnten. Sie standen weit genug entfernt, so dass die Diebe kein Misstrauen schöpfen konnten.

Wenn alles gut lief, konnte man die beiden Männer direkt am Tatort im BMW X 5 stellen. Die Kollegen im Kastenwagen sollten sich beim Signal „Zugriff" sofort um den Chef der Bande, Peter „Locke" Brügge, kümmern. Nach Blockierung seines Mercedes war dessen Festnahme geplant.

Katrin hoffte auf das Überraschungsmoment. Sie glaubte nicht, dass es zu großen Widerstandshandlungen oder Fluchtversuchen kommen würde.

Ihr Adrenalin stieg.

Nachdem Dariusz den T6 des Arztes an Bogdan Szymczak in Swinemünde übergeben und von diesem ein dickes Geldbündel erhalten hatte, setzte er sich in ein Taxi. Er ließ sich wieder in die Bülowstraße zu seinem eigenen Auto fahren.

Der weitaus schwierigere Teil der ganzen Aktion stand ihm jetzt bevor. Die Leiche der jungen Frau musste aus seinem Kofferraum verschwinden. Eigentlich so, dass sie für einen langen Zeitraum nicht wieder zum Vorschein kam.

Der Pole kannte Usedom wie seine Westentasche.

Er brauchte nicht lange zu überlegen. Für sein Vorhaben war der Schmollensee bei Sellin die beste Wahl. Es gab dort ein abgelegenes kleines Fischerhaus mit anliegendem Bootssteg und Ruderboot. Alles gehörte einem Usedomer Hotelier, der das Haus gelegentlich an Angler vermietete.

Vor Jahren hatte Dariusz diesen Hotelier kennen gelernt, sich mit ihm angefreundet und in der Folge häufig selbst das Haus für seine Angelleidenschaft nutzen dürfen.

Gerade letzte Woche hatten beide noch Kontakt. Dariusz erfuhr dabei, dass das Fischerhaus nicht vermietet war, weil Reparaturarbeiten am Steg anstanden. Für ihn ideal.

Er konnte die Leiche ungestört in das Ruderboot schleppen. An einer tiefen Stelle des Sees sollte sie mit Steinen beschwert versenkt werden. Wenn er sich beeilte, konnte er alles noch im Dunkeln erledigen. Es würde so kein Risiko geben, von irgendwelchen Frühaufstehern bei seiner Tat gesehen zu werden.

Dariusz setzte seinen Wagen in Bewegung. Er fuhr von der Bülowstraße auf die Neuhofer Straße in Richtung Sellin. In gut 10 Minuten würde er am Fischerhaus eintreffen.

Seine Gedanken schweiften zu dieser jungen Frau, die tot hinten in seinem Kofferraum lag. Eigentlich schade um sie. Sie war hübsch und der liebe Gott hatte ihr eine traumhafte Figur gegeben. Warum hatte der Arzt sie umgebracht? Die beiden sahen sehr verliebt aus, als er sie das letzte Mal sah.

War da im Liebesspiel etwas schief gegangen?

Ihm waren gewisse SM-Praktiken beim Sex nicht unbekannt. Hatte der Arzt bestimmte Grenzen überschritten und sich nicht mehr zügeln können?

Nein, er wollte sich die Leiche nicht mehr näher angucken, um vielleicht mehr zu erfahren. Wer viel hinterfragte oder nachforschte, bekam meistens richtigen Ärger.

Mit Mord wollte er nichts zu tun haben.

Darum beschloss er, den Arzt nicht weiter zu beobachten oder Kontakt zu ihm aufzunehmen. Niemand sollte jemals auf ihn kommen oder ihn mit der toten Frau in Verbindung bringen.

Beruhigt über seine Entscheidung fuhr Dariusz mit seinem Audi A4 durch Bansin. Im Kreuzungsbereich Ahlbecker Chaussee / Seestraße zeigte die Ampel für ihn Grün.

Er fuhr in die Kreuzung ein ...und stieß mit einem von links kommenden Milchtanklaster zusammen, der den Audi in voller Breitseite erwischte, vor sich herschob und schließlich fast völlig zermalmte.

Es ging alles sehr schnell. Die beiden Männer fackelten nicht lange.

Nachdem sie die Umgebung gecheckt und für sauber befunden hatten, betraten sie das Grundstück in der Ackerstraße.

Ein kurzes Aufleuchten der Warnblinker ließ erkennen, dass sie einen Nachschlüssel mit Transponder hatten. Das Fahrzeug war nun geöffnet. Ihre Bewegungen gingen fließend. Sie setzen sich ins Fahrzeug. Nur Augenblicke später wurde der BMW gestartet und in Bewegung gesetzt.

„Zugriff" schrie Katrin laut und aufgeregt in das Funkgerät. „Zugriff. Jetzt!"

Hannes startete fast zeitgleich mit den Autodieben den Motor des zivilen Dienstfahrzeugs, legt einen Gang ein und flog förmlich vom bisherigen Standort auf die Ackerstraße, wo er sich quer vor den gerade gestarteten BMW setzte.

Der Hauptkommissar sprang mit seiner Kollegin heraus. Beide zogen ihre Waffen und hielten sie in Richtung des noch sehr langsam an sie heranfahrenden gestohlenen Autos.

Den Insassen des BMW war die Überraschung anzusehen. Nur Augenblicke später redete der Beifahrer wild auf den Fahrer ein, woraufhin diesen den Rückwärtsgang einlegte und das Fahrzeug zurücksetzte. Er kam allerdings nur wenige Meter weit, weil ihm der rückwärtige Weg von mittlerweile zwei Streifenwagen der Bundespolizei abgeschnitten worden war, die ebenfalls nach dem Wort „Zugriff" unter Blaulicht losfuhren. Sie setzen den BMW von der Rückseite her fest.

Katrin und Hannes liefen auf den BMW zu, bei dem sich die Beifahrertür öffnete. Einer der Täter sprang heraus, um in den seitlichen Grünstreifen zu flüchten. Er wurde von sportlichen Bundespolizisten verfolgt. Nach einem nur kurzen Lauf bekam der Flüchtende von einem deutlich schnelleren Polizisten ein Bodycheck und ging zu Boden.

Hannes hatte den Fahrer des BMW im Visier seiner Waffe. Er rief lautstark:

„Polizei. Nehmen Sie die Hände vom Lenkrad. Halten sie sie hoch, dass ich sie sehen kann! Machen sie keine falschen oder hektischen Bewegungen!"

Katrin näherte sich dem BMW etwas versetzt. Sie hatte nun den Fahrer von der Seite her voll im Blick. Der schien durch das Polizeiaufgebot und dem Überraschungsmoment völlig irritiert.

Zögernd gingen seine Hände nach oben. Offensichtlich stellte er die Ausweglosigkeit seiner Lage fest. Er verharrte in dieser Position, bis die beiden anderen Bundespolizisten die Fahrertür öffneten, ihn aus dem Wagen zerrten und davor zu Boden brachten.

Hannes blickte auf beide Täter, die mittlerweile von den Bundespolizisten in Handschellen gelegt worden waren. Der Hauptkommissar war froh, dass diese Festnahme so glimpflich ablief.

War es den Kollegen bei der Gestellung des Bandenchefs ähnlich ergangen?

Locke saß entspannt in seinem Mercedes. Er war über
Handy mit seinen Kumpels verbunden.

„Wir sind jetzt kurz vor dem Haus. Die Umgebung
sieht gut aus. Niemand zu sehen. Wir legen jetzt los."
hörte er über den Lautsprecher.

Danach vernahm er Laute, bei denen man glaubte, jemand hätte einem Watte in die Ohren gesteckt.

Locke wusste aber, dass das Handy der beiden wohl
in eine Jackentasche gesteckt worden war, um für
den Moment des Diebstahls freie Hand zu haben.

Aber dann...

„Scheiße, die Bullen. Wo kommen die denn her. Los!
Leg den Rückwärtsgang ein. Weg hier!"

Es wurde hektisch geschrien. Locke verstand sofort,
dass etwas schiefgelaufen sein musste.

Wie konnte das sein? Was war da los?

Locke war zu sehr Profi, um zu wissen, dass es an der
Zeit war, von hier zu verschwinden. Und zwar sehr
schnell. Das ging ihn jetzt nichts mehr an. Es musste
sofort Distanz hergestellt werden.

Gerade, als er den Motor seines Mercedes startete, kam ein dunkles Fahrzeug auf ihn zugefahren. Scheinwerfer nahmen ihn voll in Beschlag. Zwei Männer sprangen heraus.

„Polizei. Motor wieder aus. Hände ans Lenkrad, so dass wir sie sehen können!"

„Was war denn das? Überall Bullen. Wo kamen die her?" Locke's Gedanken fuhren Achterbahn.

Auch für ihn war die Überraschung groß. Es lief die letzten Jahre zu gut für ihn. Anscheinend war er nachlässig geworden. Die Quittung dafür gab es jetzt. Er stand Auge in Auge mit den Bullen, guckte in die Mündungen von zwei Waffen und wusste, dass es um seine Festnahme ging.

Locke wollte sich bald zu Ruhe setzen. Er war einfach zu alt für diesen ganzen Quatsch, hatte ohnehin finanziell schon ausgesorgt. Gerade zum Ende seiner Karriere hin sollte das, was nun anstand, nicht passieren. Seine Festnahme, dazu mit großer Wahrscheinlichkeit Knast.

Ihm war in seinen Gedankensprüngen klar, dass er für eine längere Zeit aus dem Verkehr gezogen werden würde. Seine kriminelle Vergangenheit sprach da Bände. Jeder Richter würde sich freuen, ihn für lange Zeit wegsperren zu können. Er ärgerte sich. Warum hatte er sich zu diesem Mist doch noch hinreißen lassen? Besonders dumm empfand er es, dass man ihn in der Nähe des Tatortes stellte.

Er hätte sich sonst nie so verhalten. Es lag an diesen beiden Dusseln, die er wie Schulkinder an die Hand nehmen musste.

Locke holte tief Luft.

Seine anfängliche Unsicherheit setzte sich. Warum in Panik verfallen, wenn es für alles eine Lösung gab? Der einzige Ausweg war die Flucht, das stand für ihn fest.

Die beiden Zivilbullen standen immer noch mit ihren Waffen im Anschlag schräg versetzt vor seinem Wagen. So hatten sie es bestimmt auf ihrer Polizeischule gelernt. Sie riefen immer noch laut und aufgeregt in seine Richtung.

Aber würden sie tatsächlich ihre Waffen einsetzen?

Auch Bullen waren nur Menschen. Viele kostete es große Überwindung, die Waffen einzusetzen.

Oft genug hatte Locke in seiner Laufbahn erlebt, dass die ihre Waffen zwar gezogen, sich aber nicht getraut hatten, zu schießen. Obwohl sie es gedurft hätten. Hierauf setzte er.

Sie kamen nicht näher an sein Fahrzeug heran, sondern warteten auf eine Reaktion. Wohl in der Hoffnung, er würde ihren Aufforderungen nachkommen und aussteigen.

Locke grinste: „Na, dann wollen wir mal sehen, was ihr draufhabt."

Er legt schlagartig einen Gang ein, gab Vollgas und fuhr auf einen der Polizisten zu. Der reagierte gut, sprang mit einer Rolle seitlich weg, war dadurch aber nicht mehr in der Lage, seine Waffe kontrolliert einzusetzen.

Fast gleichzeitig vernahm Locke Schüsse. Drei oder vier Schüsse schnell hintereinander abgefeuert, mit dumpfem Krachen. Der zweite Polizist hatte auf ihn geschossen. Entweder hatte der ihn verfehlt oder auf die Reifen gefeuert.

Locke lenkte den Mercedes nach einigen Metern gegen das vor ihm stehende Zivilfahrzeug der Polizisten, touchierte es am Heck und schob es so beiseite, dass der Weg für eine weitere Flucht frei war. Unter Vollgas verschwand der Mercedes nun aus dem Sichtfeld der Zivilfahnder. Der Bandenchef grinste amüsiert, zückte die Pistole aus dem Schulterholster, legte sie griffbereit auf den Beifahrersitz und flüsterte: „Ihr müsst schon etwas eher aufstehen, um mich zu kriegen!"

Der Fahrer des Milchtanklasters saß geschockt am Kantstein der Seestraße. Mit blassem Gesicht schaute er auf das, was er angerichtet hatte.

Er sah einen zu einem Knäuel verformten Audi A 4, dessen Karosserie der Wucht des Aufpralls nicht standhalten konnte. Das Gewicht von mehreren tausend Litern Milch in den Tanks des Zugfahrzeugs sowie des Anhängers hatte den Audi wie einen Spielball vor sich hergetrieben und ihn schließlich unter der Front des Zugfahrzeugs begraben. Diese brachiale Gewalt konnte niemand in dem Audi überlebt haben.

Der Fahrer hatte Stunden zuvor seine Tour begonnen. Er musste etliche Bauernhöfe anfahren, um dort wie jeden Tag die frisch gemolkene Milch in seine Tanks aufzunehmen. Ein Job, den er gerne machte. Über Jahre hinweg hatte er eine gewisse Routine entwickelt. Er kannte seinen täglichen Fahrtweg mit allen Tücken. Kannte jede Straße, jede Ampel.

Er wusste, wo Blitzer standen oder gelegentlich mal Polizeikontrollen durchgeführt wurden.

Er wusste auch, wo er es sich mal erlauben konnte, bei Rot zu fahren, um etwas Zeit auf seiner Tour einzusparen. Nachts war auf Usedom kaum Verkehr. Wer, außer der Polizei, die ja ohnehin kaum präsent war, sollte sich darüber aufregen, dass er manchmal gegen Verkehrsregeln verstieß.

Im Radio spielte Metallica „Nothing else matters". Daran erinnerte er sich noch, denn er hatte es extra laut gestellt. Die Ampel an der Kreuzung in Bansin sprang auf Gelb. Er hätte bremsen können, wäre bestimmt auch rechtzeitig zum Stehen gekommen. Aber um diese Uhrzeit war doch nichts los. Es war keiner zu sehen.

Rot! Egal. Kein Querverkehr, also Gas geben und weiterfahren.

Völlig unerwartet tauchte da aus dem Nichts dieser Audi auf. War direkt vor ihm. Gab ihm keine Chance mehr, zu reagieren oder auszuweichen. Es ging rasend schnell. Ein lauter dumpfer Knall, splitterndes Glas. Dieses hässliche Geräusch würde er niemals wieder vergessen. Noch während er sein schweres Gespann bremste, vergrub es den Audi unter sich. Der LKW kam leicht erhöht zum Stillstand.

Danach war absolute Stille.

Kein Mensch war in der Nähe. Niemand hatte mitbekommen, was geschehen war. Der Fahrer sammelte sich, stieg aus und griff zu seinem Handy.

Während er gleichzeitig mit der Polizei telefonierte, betrachtete er entsetzt das Autowrack. Durch das zerstörte Fenster der Fahrertür sah er in das blutverschmierte Gesicht eines Mannes, der sich nicht mehr bewegte und mit offenen, erstarrten Augen eingeklemmt auf dem Fahrersitz saß.

Er wusste, der Mann war tot.

Die Polizei sowie ein Notarztfahrzeug brauchten dann doch noch fast zehn Minuten, um zum Unfallort zu kommen. Zwar fuhren allmählich andere Autofahrer vorbei, die ihm in der Situation helfen wollten. Jedoch waren alle machtlos, weil man nicht an den Audi herankam.

Der eintreffende Notarzt kümmerte sich nach einer kurzen Leichenschau des Audi-Fahrers um ihn. Als der Tanklastfahrer nach anfänglicher Untersuchung eine Beruhigungsspritze abgelehnt hatte, ließ man ihn auf dem Kantstein sitzen.

Nein, er konnte keine klaren Gedanken mehr fassen. Alles drehte sich in seinem Kopf um diesen Unfall, den er verursacht hatte. Würde man herausbekommen, dass er bei Rot gefahren war? Wohl kaum. Es gab doch keine Zeugen. Der Audi-Fahrer war tot. Der konnte nichts mehr sagen. Wenn er behauptete, dass er vorschriftsmäßig gefahren war, würde es der Polizei schwerfallen, seine Schuld nachzuweisen.

Konnten die Beamten über den Fahrtenschreiber seines LKW etwas über den Unfallhergang herausbekommen? Ihm war bekannt, dass man darüber Geschwindigkeiten auslesen konnte. Doch war er kurz vor dem Zusammenstoß nicht zu schnell gefahren. Von anderen Möglichkeiten der Unfallrekonstruierung hatte er noch nie gehört.

Minuten später, als die Feuerwehr mit Drahtseilen das Wrack unter seinem Milchtanklaster herauszog, um besser an den Toten heranzukommen, wurde sein Entsetzen noch größer.

Er hörte einen Feuerwehrmann laut rufen: „Hier ist eine weitere Leiche!"

Es wurde schweres Gerät eingesetzt. Eine große zangenförmige Schere durchtrennte einen Tür Holm und

Dachelemente des Audi so, dass man den Fahrer ergreifen und heraushieven konnte. Drei Feuerwehrmänner legten ihn nur wenige Meter vom Audi entfernt ab. Danach traten sie wieder an das Heck des Fahrzeugs heran. Durch den Zusammenprall hatte sich der Audi stark verformt, der Kofferraumdeckel war aufgesprungen und gab jetzt die Sicht auf den Inhalt frei.

Es war für die Rettungskräfte sehr schnell erkennbar, dass sich in dem verschnürten Paket eine menschliche Leiche befinden musste. Der Notarzt kam zum Wrack des Audi hinzu, hantierte für einige Zeit mit dem Paket im Kofferraum. Schließlich schüttelte er mit dem Kopf, wodurch er zu verstehen gab, dass auch hier nichts mehr für ihn zu machen war.

Der Fahrer des Milchtanklastwagens verstand nach dieser Situation nichts mehr.

Eine weitere Leiche im Kofferraum? Wie konnte das passieren? War jemand durch den Unfall aus dem Fahrgastraum in den Kofferraum gedrückt worden? Mittlerweile waren noch weitere Polizeifahrzeuge eingetroffen.

Zwei Beamte kamen auf ihn zu. Zunächst erkundigte sich einer von ihnen nach seinem gesundheitlichen Zustand und erklärte dann: „Es tut uns leid, aber unsere Kollegen haben ihren LKW beschlagnahmt. Wir haben den Auftrag, sie zum Polizeirevier nach Heringsdorf zu bringen. Sie werden dort für weitere

Aussagen benötigt. Natürlich brauchen sie jetzt erstmal nichts zu sagen. Sie können vom Revier aus einen Rechtsanwalt anrufen. Es scheint hier alles etwas dubios zu sein."

Hannes hörte über seinen Ohrstöpsel die aufgeregten Funkmeldungen eines Kollegen, der den Chef der Bande stellen sollte.

„Der ist auf uns zugefahren. Unser Zivilwagen ist durch sein Fahrzeug beschädigt worden. Es gab Schusswaffengebrauch. Ich habe seinen Hinterreifen zerschossen. Er ist trotzdem geflüchtet. Müsste in Richtung Ortsmitte Ückeritz unterwegs sein."

Hannes winkte Katrin zu.

„Los, komm! Schnell. Der andere ist geflüchtet. Wir müssen hinter ihm her."

Katrin reagierte sofort, sprang mit Hannes ins Fahrzeug und beide nahmen die Verfolgung des flüchtigen Bandenbosses auf.

„Wir könnten eine Chance haben." meinte Hannes. „Sie haben ihm wohl einen Reifen zerschossen. Damit wird er nicht weit kommen."

Kurz darauf passierten sie die Stelle der beiden Kollegen und dem beschädigten Zivilfahrzeug. Mit hoher Geschwindigkeit ging die Fahrt weiter in Richtung Ückeritz.

„Ich glaube, wir sind jetzt auf uns allein gestellt. Die Kollegen der Bundespolizei haben noch mit der Festnahme der beiden anderen zu tun. Vorhin habe ich über Funk gehört, dass es in Bansin einen schweren Verkehrsunfall gegeben hat. Man brauchte da alle verfügbaren Streifenwagen. Warum auch immer? Leider haben wir deswegen jetzt keine weitere Unterstützung."

Der Hauptkommissar wurde vom Jagdfieber ergriffen. Er wollte diesen Typen unbedingt haben. Schließlich war der Chef der Autoknacker-Bande die Krönung ihrer ganzen Arbeit. Über ihn konnte man sicher diverse Fälle zur Aufklärung bringen. Zudem war der Verbrecher auf die Kollegen zugefahren, schien also ein rücksichtsloser und brutaler Mensch zu sein.

„Da!" rief Katrin laut. „Da vorne fährt er!"

Sie kamen dem flüchtigen Fahrzeug sehr schnell näher. Durch den zerschossenen Hinterreifen, der sich mittlerweile fast völlig von der Felge abgelöst hatte, war es Locke nicht mehr möglich, sein Fahrzeug in gerader Linie zu lenken. Eine höhere Geschwindigkeit konnte er damit nicht mehr aufnehmen. Die blanke Felge setzte immer wieder auf den Asphalt auf, weswegen teils heftiger Funkenflug entstand.

Locke bemerkte den Wagen der Zivilpolizisten hinter sich sofort und dachte nicht daran, irgendwelche Kompromisse einzugehen oder seine Flucht aufzugeben. Er griff nach der Walter PPK.

Ohne den Blick von der Straße vor ihm abzuwenden, hielt er seine rechte Hand mit der Pistole nach hinter raus und schoss zweimal.

Der erste Schuss zerstörte die Heckscheibe seines Mercedes. Der zweite Schuss verschwand offensichtlich im Nichts. Jedoch nicht unbemerkt von seinen Verfolgern.

„Pass auf!" warnte Hannes „…der schießt!"

Das Adrenalin ließ Katrin alle Bedenken oder Ängste vergessen. In dieser gefährlichen Lage galt es, richtig zu reagieren.

Dem Flüchtigen musste eine entsprechende Antwort auf seine Schüsse präsentiert werden.

Sie zog ihre geladene P 99, betätigte den elektrischen Fensterheber des Zivilfahrzeugs und hielt die Pistole aus dem Fenster. Der Mercedes des Bandenchefs fuhr vielleicht 20 oder 30 Meter vor ihnen. Der Mann schoss auf sie. Jeder Schuss von ihm konnte gefährlich oder sogar tödlich sein.

Katrin zögerte nicht, hielt die Pistole in Richtung des Mercedes und schoss ebenfalls. Die Kommissarin wusste nicht, ob sie überhaupt traf. Das laute Knallgeräusch ihrer eigenen Pistole ließ sie etwas erschrecken.

Trotzdem behielt sie die Nerven, wartete kurz, bis Hannes in eine etwas günstigere Position fuhr und setzte zwei weitere Schüsse in Richtung des flüchteten Mercedes nach.

Plötzlich schlingerte der Mercedes sehr stark, brach nach rechts aus und fuhr in einen Graben neben der Straße, wo er nach dumpfem Aufprall zum Stehen kam.

Die Verfolger sprangen aus ihrem Fahrzeug. Sie näherten sich mit ihren Waffen in den Händen sehr vorsichtig dem gestoppten Wagen. Der Fahrer saß unbeweglich auf dem Fahrersitz. Sein Oberkörper war nach vorne auf das Lenkrad weggekippt. Hannes öffnete die Fahrertür. Er zog den Fahrer etwas auf den Sitz zurück.

Die rechte Gesichtshälfte des Mannes war eine einzige blutige Masse.

Seine Kollegin hatte mit einem Schuss den Kopf des Gangsters getroffen. Ohne Zweifel.

Lockes Flucht war damit beendet. Sein Leben auch.

„Es wäre besser Katrin, wenn du dir das nicht ansiehst."

Die Usedomer Presse hatte die Tage darauf reichlich zu berichten.

Zwei Großereignisse in einer Nacht konkurrierten in vielen Zeilen auf der Titelseite. Sie waren das Gesprächsthema unter den Insulanern.

Die Polizei konnte in Ückeritz endlich die schon länger gesuchte Bande von Autodieben fassen. Einer der Gangster hatte auf der Flucht versucht, sich den Weg frei zu schießen. Dabei wurde er von Polizeikugeln tödlich getroffen. Die Aktion führte zu mehreren Festnahmen, was die Polizei als großen Erfolg verbuchte.

Ein schwerer Verkehrsunfall in Bansin gab nach Presseberichten den ermittelnden Beamten ein Rätsel auf. Genaue Umstände zum Unfallhergang wurden aus ermittlungstaktischen Gründen nicht bekannt gegeben. Aber es sickerte durch, dass der Unfall offensichtlich zwei Menschenleben kostete.

Insgesamt spekulierte die Presse in beiden Fällen sehr wild, erhielt jedoch durch die Polizei und die zuständige Staatsanwaltschaft wenig Informationen.

Hannes saß wieder entspannt in seinem Büro. Er wartete auf Katrin, die von der Kripo-Chefin aus Anklam aufgrund des Vorfalles in Ückeritz für ein paar Tage nach Hause geschickt worden war.

Das steckte niemand mal eben so weg. Sie hatte einen Menschen erschossen. Zwar in Notwehr, was die Staatsanwaltschaft und der Ermittlungsrichter nach ihren anfänglichen Vernehmungen aller Beteiligter eindeutig festgestellt hatten.

Aber der entstandene Stresspegel war zu hoch. Katrin sollte sich ein paar Tage Ruhe gönnen und Abstand zur Sache bekommen.

Der Hauptkommissar dachte über seine Kollegin nach. Eigentlich wusste er immer noch sehr wenig über sie. In den bisherigen Frühstücksgesprächen und nach dem gemeinsamen Bier konnte er heraushören, dass sie ursprünglich mal aus der Region Hannover kam. Sie lebte momentan allein. Ihre Freizeit verbrachte sie überwiegend mit ihrer Hündin „Ginger". Strandspaziergänge waren somit zwangsläufig auf dem Tagesprogramm.

Die letzten Wochen hatte sich Hannes immer wieder dabei ertappt, wie er seine Kollegin beobachtete. Das lag nicht nur an ihrer gut anzusehenden Figur.

Er musste zugeben, dass ihm ihre Nähe gefiel. Er war gerne mit ihr zusammen. Sollte er versuchen, ihr näher zu kommen? Hatte er tatsächlich schon die Probleme mit seiner Ex-Lebensgefährtin Sandra überstanden? War er wieder offen für eine neue Beziehung?

Eine Zeit lang hatte er nicht daran geglaubt, so schnell wieder mit einer Frau etwas anfangen zu können.

Katrin war schon etwas Besonderes. Aber wie würde sie reagieren, wenn es Annäherungsversuche seinerseits gab?

„Hallo Hannes, da bin ich wieder. Die Tage haben mir gutgetan. Los, erzähl! Was gibt es Neues in unseren Fällen?"

Sie tat so, als sei nichts gewesen. Scheinbar hatte sie alles gut weggesteckt. Die Kommissarin zeigte unverändert eine fröhliche Ausstrahlung. Ihre dienstliche Neugier schien ungebrochen.

Da der Vorfall mit den Autodieben so gut wie abgeschlossen schien, sprach Hannes dieses Thema nur noch kurz an. Er beschränkte sich auf alle Maßnahmen, die getroffen worden waren.

Im Nachhinein handelte es sich um weitere Ermittlungsarbeit, Spurensuche und Zusammentragen von Beweismitteln.

Mit Unterstützung weiterer Kollegen aus der Direktion Anklam fügte man das Puzzle zusammen.

Stück für Stück kam man auf die Struktur der Bande, sammelten sich Erkenntnis über die verschiedenen Arbeitsweisen.

Aufgrund eines deutsch/polnischen Abkommens gab es gute Kontakte zu einer Spezialeinheit der polnischen Polizei, die ebenfalls im Grenzgebiet operierte und nach Festnahme der beiden polnisch stämmigen Täter in Ückeritz wertvolle Hinweise gewinnen konnte. In weiterer Zusammenarbeit wurden die Hintermänner in Swinemünde ausfindig gemacht.

Eine im großen Stil operierende Autoschieberbande konnte dingfest gemacht werden.

Der Kopf dieser kriminellen Gruppe, ein Bogdan Szymczak, saß jetzt in Untersuchungshaft.

„Ich glaube, wir haben in diesem Fall gute Arbeit geleistet." freute sich Hannes. „Und wie es scheint, haben wir auch den Mörder der Toten vom Strand ausfindig machen können!"

Katrin war nach dieser Äußerung völlig überrascht. Gespannt hörte sie ihrem Kollegen weiter zu.

„In der gleichen Nacht, in der wir diese Täter gestellt haben, hat es einen schweren Verkehrsunfall gegeben. Ein Lastwagen war in Bansin mit einem Audi zusammengestoßen. Die Ursache oder Schuldfrage konnte bisher noch nicht hinreichend geklärt werden.

Der Fahrer des Audi war nach dem Zusammenprall sofort tot. Die Feuerwehr hat ihn aus dem Wagen herausgeschnitten.

Aber nun kommt es. Im Kofferraum dieses Audi haben die Kollegen eine weibliche Leiche gefunden. Die Leiche war in eine grüne Plastikplane eingewickelt worden. Genau die gleiche Plane, die wir bei der toten Frau vom Strand vorgefunden haben.

Der Gerichtsmediziner hat seine Arbeit schon geleistet.

Ob Du es glaubst oder nicht, auch diese Frau ist mit einem Gürtel oder ähnlichem erdrosselt worden. Die Tötungsmerkmale gleichen denen der ersten Leichen haargenau. Man konnte wieder Sperma sicherstellen. Wie es scheint, gab es vorher noch Sex.

Die DNA-Untersuchungen laufen. Es ist bis jetzt nicht sicher, ob das Sperma von dem Mann stammt, der mit dem Wagen verunglückt ist.

Wie es scheint, war er auf dem Weg, sie zu beseitigen. Mit sehr großer Wahrscheinlichkeit wissen wir zudem schon, um wen es sich bei der Toten handelt.

Eine Jana Henke, 26 Jahre, aus Heringsdorf wurde von einer Boutique-Inhaberin als vermisst gemeldet.

Sie war nicht zu ihrer Arbeit erschienen und konnte telefonisch nicht erreicht werden. Da sie als sehr zuverlässig galt, fragte ihre Chefin bei den Kollegen der Schutzpolizei nach.

Anhand der ersten Beschreibungen stand für alle schnell fest, dass es sich bei der Toten um diese Jana handeln musste. Wir konnten sie mittlerweile eindeutig identifizieren.

Das ist echt kaum zu glauben! Der Unfall hat uns da gut in die Karten gespielt. Das Team ist gerade dabei, Näheres über diesen toten Fahrer herauszubekommen."

Er liebte sie, ja! Abgöttisch.

Aber die Gespräche mit ihr waren gelegentlich nicht so einfach. Anfangs hatten sie sich sehr gut verstanden. Über viele Jahre hinweg. Fast, wie ein altes Ehepaar. Sein Eindruck in der letzten Zeit war dagegen, dass sie immer ungehaltener wurde. Unzufrieden mit ihrer Situation.

Das hatte sie ihm schon mehrfach deutlich zu verstehen gegeben.

Sie war die Liebe seines Lebens. Natürlich hatte er alles für sie getan. Aber je länger ihre Beziehung dauerte, umso größere Ansprüche stellte sie.

Ansprüche, die er kaum noch bedienen konnte.

Anfangs hatte er sie gewähren lassen. Er fühlte sich schuldig an allem. Als Wiedergutmachung erfüllte er viele ihrer Wünsche.

Es besänftige sie tatsächlich und brachte ihm die notwendige Ruhe, um auch in seinem Job bestehen zu können.

Sie bat um Besuche. Also schnappte er sich sein Segelboot, segelte zu ihr auf die Ostsee hinaus und war ihr somit nahe. Sie bat ihn um Besuche ihrer Familie, was er in regelmäßigen Abständen machte.

Und zuletzt bat sie ihn um eine Freundin, die ihr in ihrer schweren Situation zur Seite stehen oder Gesellschaft leisten sollte. Obwohl er diese Freundinnen nach seinem Dafürhalten gut ausgesucht hatte, blieb ihm ihre Unzufriedenheit nicht verborgen.

Nein, die erste, die er ihr geschickt hatte, war es nicht. Nur Tage später ertönte ihre Stimme in seinem Kopf und wollte eine andere. Es war nicht leicht für ihn, so schnell für Ersatz zu sorgen.

Aber er nutzte seine Stellung als Lungenfacharzt. Schnell war eine andere Frau als Wiedergutmachung für den misslungenen ersten Versuch gefunden worden.

Trotzdem quengelte seine Liebste weiter. Ihre Stimme hämmerte erbarmungslos in seinem Kopf.

Jetzt, mit der dritten und jüngsten Freundin, die er ihr bringen wollte, wäre sie bestimmt zufrieden gewesen.

Und was passierte? Sein Wagen mitsamt dieser neuen Gespielin wurde gestohlen.

Oh, war sie böse auf ihn.

Unbändig. So laut hatte er sie noch nie vernommen. Als er ihr beichtete, was passiert war, reagierte sie heftig. In dieser Lage ließ sie keine Kompromisse mehr zu. Sie drängelte.

Ihre Ungeduld wollte besänftigt sein, was nur mit der Gabe eines neuen Geschenkes passieren konnte. Es wurde immer schwieriger, eine Unterscheidung zwischen Realität und das Leben mit seiner Liebsten zu finden.

Sein Job als Arzt lenkte ihn ab. Allerdings fiel seinen Angestellten auf, dass er sich immer öfter mit ihr unterhielt.

Wie sollte er diesen Unwissenden erklären, mit wem er redete?

Es gab jetzt nur eine Lösung, um alles hoffentlich endgültig zu beenden. Er musste genau die Freundin finden, die die Liebe seines Lebens für richtig hielt. Um nicht an allem zu zerbrechen, wollte er sich mit der Suche nach einer geeigneten Frau beeilen. Er nahm sich vor, seine Liebste vorher um ein Urteil zu bitten.

Sollte sie doch mitentscheiden, welche Gesellschaft ihr angenehm war.

Die Fischerbude von Kai Tegge war geöffnet.

Um diese Jahreszeit kamen nicht mehr viele Kunden.

Im Sommer, gerade zu den Ferienzeiten, standen sie in Schlangen vor seiner Bude und rissen ihm den geräucherten Fisch förmlich aus den Händen. Da hätte er von anderen Räuchereien zukaufen können. Die Touristen hätten bestimmt nicht gemerkt, dass sie keinen original Usedomer Räucherfisch aßen.

Er wusste, dass das einige der noch verbliebenen Fischer an der Promenade machten. Die verdienten nicht schlecht damit. Aber sie beschummelten alle Kunden, die später in irrigem Glauben ehrfürchtig vor ihren Tellern saßen, in der Meinung, dass sie frischen Fisch aus der Ostsee verspeisten.

Das war gegen seine Fischerehre.

Als regionaler Fischer hatte man mal gute Fänge oder weniger gute. Alles war saisonal abhängig. Das Hauptgeschäft musste in den Sommermonaten laufen, wenn die Touristen die Insel bevölkerten. Entsprechend konzentrierte er seine Tätigkeit auf diese Zeit.

Der Verdienst wurde in den letzten Jahren durch diverse Fangbeschränkungen der EU geringer. Doch reichte er bisher immer aus, um ein anständiges Leben mit einigen Annehmlichkeiten zu führen.

Kai hatte mehr als die Hälfte seines Lebens in dieser Fischerbude verbracht. Sie war sein eigentliches Zuhause. Hier konnte er machen, was er wollte.

Er genoss die Zeiten der Ruhe darin, freute sich gelegentlich jedoch genauso über Besucher, die mal auf einen Schnaps vorbeikamen oder mit ihm eine Runde schnacken wollten.

Zwei alte Stammkunden hielten sich nun gerade am Stehtisch auf und unterhielten sich nach dem mittlerweile dritten Usedomer Heringsschluck mit gelockerter Zunge über die aufregenden Nachrichten aus der Tagespresse.

Kai kannte die beiden seit vielen Jahren. Kurgäste, die regelmäßig für mehrere Wochen zu Anwendungen und Erholung auf die Insel kamen.

„Es ist ja wirklich unglaublich, was sich auf Usedom in den letzten Wochen so getan hat. Zündstoff für einen neuen Usedom-Krimi. Habt ihr das gelesen? Mittlerweile zwei Frauenleichen, die aus der See geborgen worden sind. Das hört sich stark nach einem Serienmörder an.

Dann die Schießerei bei Ückeritz. Da hat die Polizei gleich eine ganze Verbrecherbande festgenommen. Einer ist dabei sogar erschossen worden.

Und dieser schwere Verkehrsunfall in Bansin. Ich habe gehört, da soll es zu einer Überraschung gekommen sein. Einer von der Feuerwehr, der mitgeholfen hatte, die Leichen aus dem Wagen zu schneiden, hat mir gesteckt, dass es da zwei Tote gab. Wobei eine Person wohl schon vor dem Unfall tot gewesen sein soll. Klingt spannend!" meinte Friedjof, der auf seinem täglichen Spaziergang mit seiner Pudelhündin bei Kai Halt gemacht hatte.

„Platz für Spekulationen ohne Ende. Hoffen wir mal, dass die Polizei in allem ein gutes Händchen hat und die Fälle schnell aufklären kann. Sag mal Kai, du hattest doch eine Leiche aus der See geborgen. Wie war das noch?" fragte Heinrich, der als ewiger Junggeselle nur sich und sein Leben kannte. Nur gelegentlich schaute er über den Tellerrand hinaus. Wenn ihm danach war, ließ er sich mal bei Kai auf einen Schnaps nieder, zog sich dann aber wieder in sein beschränktes, fast kontaktloses Umfeld zurück.

Kai fand die Ereignisse in ihrer Vielzahl besorgniserregend, wollte sich aber an der sensationslustigen Diskussion lieber nicht beteiligen.

Schon gar nicht wollte er über die überraschende Bergung der Frauenleiche sprechen. Das Ereignis war gruselig genug und hatte ihm psychisch zugesetzt.

Gerade deswegen kamen die damaligen Ereignisse um seine Schwester Sina wieder hoch. Kai dachte viel an sie, war traurig. Es war alles schon so lange her. Doch erschien es ihm gelegentlich, als wäre es erst gestern passiert.

Kai winkte ab, überließ Friedjof und Heinrich ihrem weiteren schnapsbeseelten Inseltratsch. Er zog sich hinter seinen aus Treibholz errichteten Verkaufstresen zurück.

Der knorrige Fischer war froh, als eine weitere, wohlbekannte Person seine Bude betrat und sich zu ihm stellte. Es war noch gar nicht so lange her, dass dieser Mann seiner Fischbude besuchte.

Kai hatte sich vor Tagen Sorgen um ihn gemacht, weil sein Freund nicht gut aussah.

Das schien in diesem Moment nicht besser zu sein. Der Mann wirkte unruhig und aufgewühlt.

„Hallo Martin. Schön, dass du wieder da bist. Wie geht es dir?"

Martin wollte gerade zum Reden ansetzen, als Friedjof ihn laut in seiner wohligen Schnapslaune ansprach.

„Aah, Dr. Hansen! Wollen sie auch Fisch kaufen. Der Dorsch ist hier sehr zu empfehlen. Hatte ihn letzte Woche. Super Qualität. Kai wird ihnen dazu bestimmt einen kleinen Schnaps ausgeben."

Martin Hansen war innerlich genervt.

Er kam aus einem anderen Grund zu Kai. Auf das Gequatsche dieser beiden angetrunkenen Kurgäste hatte er nicht die geringste Lust. Einer der beiden, Friedjof, war zudem aufgrund eines Asthmaleidens Patient bei ihm.

Im nüchternen Zustand sicher ein freundlicher, eher unauffälliger Mann.

Die mittlerweile halbleere Flasche Heringsschluck vor den beiden Männern sagte ihm jedoch, dass es nur noch wenig Sinn hatte, ein vernünftiges Gespräch mit ihm oder seinem Tischnachbarn zu führen.

Kai schaltete schnell.

„So Jungs, raus mit Euch. Ihr habt genug getrunken. Ich muss mit Dr. Hansen noch ein Privatgespräch führen. Bitte, tut mir den Gefallen!"

Die beiden hatten verstanden, zumal der drängende Kai sich groß vor ihnen aufgebaut hatte.

„Kommt die nächsten Tage wieder, wenn ihr wollt. Vielleicht gibt es dann schon Neues von den Usedomer Krimigeschichten."

Kurz darauf sah Kai dem ehemaligen Freund seiner Schwester Sina am Verkaufstresen der Fischbude tief in die Augen und fragte: „Was ist los mit dir, Martin? Du siehst nicht gut aus. Kann ich dir helfen?"

Martin Hansen wusste, dass er sich auf Kai verlassen konnte. All die Jahre nach dem Tod von Sina stand Kai an seiner Seite und unterstützte ihn, wo er nur konnte. Der Tod von Sina hatte Martin schwer mitgenommen. Ihre Familie hatte ihn getröstet, soweit es möglich war.

Natürlich waren sie auch mit ihrem eigenen Schmerz beschäftigt. Allerdings hatten sie immer einen Blick auf ihn. Besonders Kai half ihm aufrichtig und ehrlich.

Sina wurde durch den Trost nicht wieder lebendig.

Doch die Unterstützung tat ihm zeitweise gut.

Als Martins Psyche in der schweren Studienzeit zusammen zu brechen drohte, sorgte Kai für einen guten Therapieplatz. Die Behandlung ermöglichte es ihm, sein Medizinstudium erfolgreich zu beenden und später als Facharzt zu promovieren.

Wenn es ihm zeitweise trotzdem schlecht ging, spürte Kai das. Martin empfand das Verhältnis zu Kai wie zu einem großen Bruder. Dieser große Bruder stand nun vor ihm und sagte ihm auf den Kopf zu, dass er schlecht aussah. Unrecht hatte er nicht.

„Ich habe Probleme mit Sina. Wir kommen in den letzten Wochen nicht mehr so gut zurecht. Sie verlangt Dinge von mir, die ich ihr nicht erfüllen kann. Wir streiten oft miteinander. Manchmal so laut, dass mich meine Arzthelferinnen in der Praxis komisch ansehen.

Kai, du bist ihr Bruder. Rede du mal mit ihr. Sie muss endlich mal vernünftig werden."

Die Arbeit wuchs den Ermittlern/innen im Kommissariat Heringsdorf fast über den Kopf.

Hannes, als vorläufig eingesetzter Leiter einer Sonderkommission in Sachen der drei aufgefundenen Frauenleichen, war von seiner Chefin damit beauftragt worden, alle weiteren Ermittlungen zu organisieren.

Die Sache zeigte sich sehr komplex. Es war nach Ansicht des Hauptkommissars nur eine Frage der Zeit, bis man ihm einen deutlich höher dotierten Leiter dieser Sonderkommission vor die Nase setzte. Bis dahin wollte er sich ehrgeizig zeigen und hoffte auf erfolgreiche Ansätze oder Ermittlungen.

Vielleicht gelang es ihm, seine Vorgesetzten durch seine Leistungen zu beeindrucken. Was sich dann sicher in seinen Plänen, Leiter der Dienststelle Heringsdorf zu werden, widerspiegeln würde.

Es gab drei weibliche Leichen, die offensichtlich Opfer eines Serienmörders geworden waren. Alle drei sind auf identische Art und Weise durch einen Gürtel erdrosselt worden.

Die Frauen hatten kurz vor ihrem Tod Geschlechtsverkehr mit demselben Mann. Das hatten die Gerichtsmediziner in Windeseile nach Überprüfung der vorgefundenen Beweismittel und DNA feststellen können.

Wie konnte er eine Verbindung dieser drei Frauen zu ihrem Mörder herstellen?

Naheliegend war zunächst der Audi-Fahrer, der mit der Leiche der Verkäuferin Jana Henke im Kofferraum verunglückte.

Hannes bekam jedoch starke Zweifel, als festgestellt worden war, dass die ihm entnommene DNA nicht mit der bei den drei Frauen sichergestellten Spermien übereinstimmte. Der Mann hatte mit keiner dieser Frauen geschlafen.

Aber warum transportierte er die tote Jana Henke durch die Gegend? War er ein Kurier? Oder sollte er sie im Auftrag eines bisher Unbekannten beseitigen?

Das konnte schon hinkommen, denn der Mann führte eine große Menge Bargeld bei sich.

Handelte es sich bei dem gefundenen hohen Betrag um den Lohn für die Entsorgung der Leiche?

Eine Überprüfung seiner Person in den Inpol-Daten des Polizeicomputers ergab einige Treffer.

Dariusz Lewkowicz war vor vielen Jahren ein aus Gdansk stammender Kleinkrimineller, der nach Deutschland übersiedelte und durch Ladendiebstähle oder kleinere Einbrüche auffiel.

In der Folgezeit kamen im Hamburger Bereich PKW-Diebstähle hinzu. Er entwickelte sich darin regelrecht zu einem Experten. Der Mann fiel jedoch nicht durch Gewaltdelikte auf. Weder gegen Frauen noch gegen Polizisten. Wenn er nach einer Tat gestellt worden war, ließ er sich anstandslos festnehmen.

Dariusz Lewkowicz war mehrmals verurteilt worden und jeweils vorzeitig nach Verbüßung von Zweidritteln der Strafe entlassen worden.

Hannes hatte sich Auszüge seiner Kriminalakte aus Hamburg zumailen lassen. Dabei stieß er auf einen höchstinteressanten Eintrag.

Dariusz hatte vor vielen Jahren in Hamburg sehr eng mit dem bei der Schießerei in Ückeritz ums Leben gekommenen Peter Brügge alias Locke zusammengearbeitet. Beide waren seinerzeit sogar eines gemeinsamen Autodiebstahls überführt worden. Sie schienen enge Freunde gewesen zu sein.

Vor Tagen nun waren sie in der gleichen Nacht während unterschiedlicher Umstände ums Leben gekommen.

Peter Brügge beschäftigte sich in einem Team als Autodieb, während sein Freund Dariusz eine Leiche durch die Gegend fuhr.

Gab es da weitere Tatverdächtige oder Zusammenhänge, von denen die Polizei bisher nichts wusste? Hatte Dariusz auch etwas mit der Unternehmensberaterin Sandra Nägele oder der Pharmareferentin Heike Sattler zu tun? Konnte es sein, dass er derjenige war, der ihre Leichen in die Ostsee geworfen hatte?

Zumindest passte die Verpackung der Leichen zusammen. Sie stammte nach Feststellung der kriminaltechnischen Untersuchungen aus dem gleichen Baumarkt.

Der Hauptkommissar vermutete, dass hinter allem ein größeres, sehr professionelles Netzwerk stehen könnte. Er hoffte, das Rätsel Stück für Stück lösen zu können.

Nur warum ermorden gewöhnliche Autoschieber auf brutalste Art mehrere Frauen und entsorgen sie so, dass sie relativ schnell wieder aufgefunden werden, anstatt sie dauerhaft zu versenken oder anderweitig loszuwerden? Andere Möglichkeiten hätten sie doch allemal.

Dr. Martin Hansen

Innere Medizin/Pneumologie

Friedenstraße 12

17419 Heringsdorf

Katrin ließ die Visitenkarte, die ihr der Kurarzt vor einiger Zeit in die Hand gedrückt hatte, durch die Finger gleiten.

Sowohl Sandra Nägele als auch Heike Sattler waren an diesen Facharzt überwiesen worden.

Vielleicht konnte sie von diesem Arzt wertvolle Aussagen über Krankheitsbilder oder bestenfalls auf weitere Kontakte erlangen. Jeder noch so kleine Hinweis konnte nützlich sein.

Um eine längere Wartezeit zu vermeiden und sicher zu gehen, dass der Arzt nicht zu Hausbesuchen unterwegs war, hatte sich Katrin nach telefonischer Voranmeldung kurzfristig einen Termin geben lassen.

Sie saß nun in seinem Sprechzimmer. Die freundliche Praxismitarbeiterin vertröstete sie mit einem „Herr Doktor ist gleich da."

Neugier war immer ein Bestandteil ihres Wesens. So konnte die Kommissarin es nicht lassen, ihren Blick durch das Zimmer schweifen zu lassen.

Es war für ein Sprechzimmer ungewöhnlich gemütlich eingerichtet. Neben üblicher Liege und zwei gepolsterten Stühlen für Patienten stand ein schwerer hölzerner Schreibtisch im Raum, der an beiden Seiten mit großwüchsigen grünen Pflanzen eingerahmt war.

Regale mit Büchern und Zeitschriften waren ebenso vorhanden, wie offenbar echte Gemälde von Künstlern, die als Motiv die Ostsee in all ihren Facetten gewählt hatten.

Polarisierend, fast mittig auf dem Schreibtisch stand ein Fotorahmen mit der Fotografie einer jungen Frau.

Dieses Foto machte einen veralteten Eindruck, musste vor Jahrzehnten aufgenommen worden sein. Der Holzrahmen wirkte abgegriffen. So, als hätte jemand das Bild sehr oft in die Hand genommen.

War das Verwandtschaft von dem Arzt? Seine Schwester oder womöglich seine Tochter? Vielleicht eine alte Liebe, die es nicht mehr gab und verstorben war?

Katrin dachte kurz darüber nach, wie es wohl wäre, wenn sie einen lieben Menschen verlieren würde. Könnte sie es ertragen, das Bild dieses lieben Menschen jeden Tag anzuschauen?

Jeden Tag immer wieder erneut daran erinnert zu werden, dass es diese Person gab? War es nicht besser, Abstand zu gewinnen und sein Herz nur gelegentlich mal zu öffnen, um Erinnerungen frei werden zu lassen?

Ein wenig staunte Katrin bei Ansicht dieses Fotos dann indes doch. Sie konnte nicht umhin festzustellen, dass diese junge Frau eine gewisse Ähnlichkeit mit ihr hatte.

Ja, man hätte sie durchaus für Schwestern halten können.

Katrin kannte die junge Frau auf dem Foto nicht. Sie
war sicher, dass keine Verbindung zu ihrem Fami-
lienzweig bestehen konnte. Trotzdem bestanden
diese Ähnlichkeiten.

Die Kommissarin nahm sich vor, den Arzt nach Ende
ihres dienstlich gehaltenen Gespräches kurz aus pri-
vatem Interesse zu dieser Fotografie zu befragen.

Kai Tegge machte sich große Sorgen um Martin. Sein
Zustand war nicht gut.

Die Freunde hatten in der Fischerbude viel miteinander gesprochen. Martin war vom Thema Sina kaum
noch abzubringen.

Kai tolerierte, dass Martin sich gedanklich mit seiner
Schwester unterhielt. Das wusste er seit Jahren, fand
es nicht schlimm und glaubte, dass es ihm sogar helfen würde.

Martins Äußerungen dagegen wurden immer skurri-
ler.

Wie hatte Martin zuletzt gesagt? „Sie fühlt sich allein.
Sie möchte Gesellschaft!"

Was meinte er damit? Wie sollte man das verstehen? Hatte Martin vor, ihr in selbstmörderischer Art und Weise zu folgen?

Wie konnte man so einem Menschen, einem eigentlich gestandenen und attraktiven Mann, einem angesehenen Lungenfacharzt mit eigener Praxis, jedoch einem Mann mit einer starken Psychose helfen, ohne ihn zu kompromittieren?

Martin war für Kai wie ein Mitglied der Familie.

Vertraulich hatte der Arzt dem Fischer sehr oft gestanden, dass er sich dauerhaft nicht mehr auf eine andere Frau einstellen konnte. Es gab einige Versuche, feste Beziehungen zu installieren. Praktisch schlugen jedoch alle fehl, weil Sina im Weg stand.

Mit dieser engen freundschaftlich familiären Einstellung hatte sich Kai oft um Martin gekümmert.

Die Zeichen standen zum jetzigen Zeitpunkt deutlich auf Alarm. Der Arzt braucht schnell professionelle Hilfe, das merkte der Fischer. Nur wem sollte er sich auf Usedom anvertrauen?

Sinnvoll wäre bestimmt der frühere Psychotherapeut gewesen. Von dem wusste Kai aber, dass er vor ein paar Jahren Usedom verlassen hatte. Diese Praxis gab es nicht mehr.

Die beiden Männer hatten sich verabschiedet. Der Arzt versprach, die nächsten Tage wieder zu kommen und keine Dummheiten zu machen.

Ob er sich daranhalten würde?

Dr. Martin Hansen betrat sein Sprechzimmer, ging an der Frau, von der er zunächst nur den Rücken sah, vorbei und setzte sich an seinen Schreibtisch.

„Was kann ich für sie tun?"

Er wurde im wahrsten Sinne des Wortes von einem Blitz getroffen.

Das konnte doch nicht sein? Er war verwirrt. Sein Herz begann, schneller zu schlagen. Ein plötzliches Rauschen durchdrang seine Ohren.

Spielten ihm seine Augen einen Streich?

War er jetzt doch schon so verrückt, dass er in Besucherinnen seiner Praxis seine geliebte Sina wiedererkannte.

Er verengte ein wenig seine Augen, schaute kurz auf das Foto von Sina auf seinem Schreibtisch und dann wieder zu seiner Besucherin.

„Sina?" entglitt es kaum hörbar aus seinem Mund.

„Wie bitte? Entschuldigung. Ich habe sie nicht verstanden!" entgegnete Katrin. Ihr war sein irritierter Blick und ein leicht nervöses Verhalten nicht entgangen.

Sie hatte allerdings auch bemerkt, dass sie einem äußerst attraktiven Mann gegenübersaß. So einen gutaussehenden Arzt hätte sie nicht erwartet.

„OK, vielleicht nicht ganz so meine Altersklasse, aber dafür ein Mann mit einer angenehmen Ausstrahlung." dachte sie.

„Mein Name ist Katrin Mewes. Ich bin vom Kriminalkommissariat Heringsdorf. Wir ermitteln in einem Mordfall. Ich hätte ein paar Fragen zu Patientinnen. Sofern sie mir die überhaupt beantworten können oder dürfen?" erklärte Katrin.

Martin war immer noch nicht klar im Kopf. Diese Stimme, die Haare, das Gesicht. Konnte das sein?

„Oh, entschuldigen Sie. Ich war mit meinen Gedanken noch bei einer vorherigen Patientin. Welche Fragen genau haben sie denn?" entgegnete er.

„Es geht um die Patientinnen Sandra Nägele und Heike Sattler. Ist es ihnen möglich, etwas zu diesen Damen zu sagen?

Hatten die in ihren Gesprächen mit ihnen bestimmte Kontakte, Partnerschaften oder Aktivitäten erwähnt? Ist manchmal so, dass Menschen eher nebenbei erwähnen, was sie so machen.

Vielleicht gab es da Zusammenhänge zwischen Lebenswandel und Krankheitsbild?"

Dr. Hansen schrieb sich beide Namen auf. Dann bat er Katrin um einen Moment Geduld, damit er die Krankenakten holen konnte. Nur wenige Zeit später saß er ihr wieder gegenüber, betrachtete zwei wenig beschriebene Karteikarten und erklärte:

„Leider kann ich über beide Damen nicht viel berichten. Sie sind mir von einem Kollegen der Kurklinik überstellt worden, weil er kein Lungenfacharzt ist.

Beide Damen hatten eine Vorerkrankung in Richtung Bronchitis/Asthma.

Mein Eindruck bei beiden war allerdings, dass keine dramatischen Krankheitsbilder vorlagen.

Hier wären die üblichen kurbedingten Anwendungen wie z.B. Inhalationen, Massagen, Gymnastik zu Stärkung der Muskulatur und viele Spaziergänge am Strand zum Tragen gekommen.

Soweit ich sehe, gab es nichts Auffälliges. Besondere oder für den Heilungsverlauf wichtige Dinge würde ich eintragen.

Ganz ehrlich, ich kann mich kaum an diese Damen erinnern. Frau Nägele war nur zwei Mal hier. Frau Sattler hatte ihre Behandlung wohl abgebrochen, weil sie nicht mehr erschienen ist."

„Gab es besondere Untersuchungen oder Blutentnahmen?" fragte Katrin.

„Nein, die obligatorischen Blutentnahmen führen die Ärzte der Kurkliniken durch. Wir würden das hier nur bei außergewöhnlichen Anlässen machen, aber die lagen nicht vor. Es wurden die üblichen Lungenfunktionstests mit Volumenmessungen gemacht. Die waren bei beiden Damen im Normbereich.

Der Kollege in der Kurklinik ist von mir schon über die Anamnese informiert worden. Er wird einen weiteren Behandlungsplan erstellen. Das ist hier so üblich. Für mich gab es da nicht so viel zu tun." erläuterte Dr. Hansen.

Katrin dachte im Stillen für sich, wie einfach es doch für manche Ärzte war, Geld zu verdienen.

Andererseits wollte sie diesem Mann gegenüber nicht ungerecht werden. Er machte bestimmt einen guten Job.

Und ja, er sah für sein Alter verdammt gut aus. Das musste sie ihm lassen.

Die Kommissarin stellte fest, dass sie dienstlich nicht weiterkam, weil sich über diese Arztpraxis keine Ermittlungsansätze finden ließen. Hannes und das Team mussten sich mit dem begnügen, was sie an Antworten von diesem Dr. Hansen bekommen hatte.

„Sagen sie, darf ich sie etwas Persönliches fragen. Nur so aus reiner Neugier?" fragte Katrin.

„Die junge Frau da auf dem Bild? Ist das eine Verwandte von ihnen?"

Martin reagierte aufgeregt. Die Fragen über seine Patientinnen hatten ihn wenig interessiert.

Natürlich war ihm bewusst, um wen es sich bei diesen Frauen handelte. Aber die Polizei würde ihm niemals auf die Spur kommen können.

Wie auch? Er war nur ein behandelnder Facharzt. Die Patientinnen waren nach Erstbehandlung nicht wieder erschienen. Das Aussehen dieser jungen Kriminalkommissarin dagegen ließ ihn nicht mehr los. Sie faszinierte ihn vollkommen.

„Sina" dachte er. „Bist du das? Bist du im Körper dieser jungen Polizistin zu mir gekommen, um ein weiteres Zeichen zu geben?"

Diese war verwundert, hatte nicht reagiert, als er leise den Namen „Sina" in ihre Richtung sagte.

Das würde sich bestimmt noch ändern.

Doch...sie war Sina. Daran gab es für ihn keinen Zweifel. Wie viele Jahre war er von Sina getrennt gewesen? Wie lange war es her, dass sie vor seinen Augen in der Ostsee versank?

Er würde der Kommissarin in einem geeigneten Augenblick tief in die Augen sehen und mit ihr darüber reden. Martin wurde für einen Moment etwas böse auf Sina.

„Warum hast du mich so lange allein gelassen? Warum bist du nicht eher zurückgekommen?"

„Ja, die junge Frau auf dem Bild war eine sehr gute Freundin von mir, die leider vor vielen Jahren verstorben ist. Die Geschichte dazu würde jetzt aber zu lange dauern. Ich möchte sie damit im Dienst nicht belästigen.

Was halten sie davon, wenn ich sie heute Abend in das Restaurant auf der Seebrücke einlade und ihnen davon erzähle." fragte er Katrin mit einem sehr warmherzigen Lächeln.

„Der geht aber ran!" dachte sie.

Seine charmante Art, seine tiefe Stimme und seine angenehme Erscheinung hatten auf Katrin eine ganz besondere Wirkung. Er machte einen unheimlich sympathischen Eindruck. Ihn umgab eine Aura, die sie in ihren Bann zog.

Sie kam in letzter Zeit selten raus. Bis auf das letzte Date mit Hannes hatte sie von einem Mann schon lange keine Einladung mehr bekommen. Dazu ging es noch in ein nobles Restaurant.

Warum eigentlich nicht? Und so ein Arzt mit Anbindung an Usedom hatte bestimmt viel zu erzählen oder die eine oder andere nützliche Information für sie.

Nein, sie wollte keine Affäre mit diesem Arzt. Ihre Gedanken waren da viel zu sehr bei Hannes, von dem sie sich insgeheim etwas versprach.

Ein entspanntes Essen, etwas abschalten und nette Unterhaltung taten ihr bestimmt gut.

„Ich sage Ihnen gleich vorweg, dass sie sich keine Hoffnungen machen brauchen. Aber gegen eine nette Unterhaltung habe ich nichts. Außerdem bin ich neugierig!" bedankte sich Katrin für die Einladung.

„Abgemacht. Heute Abend, 20.00 Uhr, beim Italiener auf der Seebrücke. Ich freue mich!" entgegnete Dr.

Hansen und begleitete die Kriminalpolizistin zur Tür.

Hannes musste mal raus aus seinem Büro.

Auf seinem Schreibtisch stapelten sich die Akten und Berichte der letzten Tage.

Sein Team arbeitete sauber, das musste er anstandslos feststellen. Bisher gab es jedoch nicht einen konkreten Tatverdacht in den Mordfällen. Jeder noch so kleine Hinweis musste ausgewertet werden, in der Hoffnung, fündig zu werden.

Ein mühsames Unterfangen.

Sehr viel Respekt hatte Hannes besonders vor der Arbeit der Gerichtsmediziner. Was die teilweise an interessanten Ergebnissen zu Tage beförderten, war schon beeindruckend.

Einer Spur nahm er sich jetzt in Form eines Außentermines an.

Alle drei Leichen mussten aufgrund ihrer Mageninhalte zumindest wenige Stunden vor dem Todeszeitpunkt Essen gegangen sein. Nach Untersuchungen der Gerichtsmedizin waren zumindest zwei Leichen vor ihrem Ableben in einem italienischen Restaurant gewesen.

Katrin hatte zwar schon einige Restaurants abgeklappert, doch Hannes wollte einen erneuten Anlauf starten. Sein Schwerpunkt sollte dabei zunächst in Heringsdorf liegen.

Was lag näher, als das beste und bekannteste italienische Restaurant in Heringsdorf auf der Seebrücke, das „Rafaelo", zuerst aufzusuchen.

Nicht nur die Touristen ließen es sich dort gut schmecken, auch viele Insulaner waren in diesem Restaurant häufig zu Gast.

Hannes kannte das „Rafaelo" und schwärmte für die Antipasti. Eine schöne Gelegenheit, seinen Hunger mit den dienstlichen Belangen zu vermischen.

Der Inhaber Michele, ein fröhlicher, immer gut gelaunter Sizilianer, war bei seinen Gästen sehr beliebt. Er gab in seiner freundlichen Art bestimmt gerne Auskünfte, sofern er zu bestimmten Fragen etwas wusste.

Auf dem Weg zur Seebrücke klingelte das Handy von Hannes. Der Leiter einer polnischen Sondereinheit, die sich um Autoschieber im Bereich der deutsch/polnischen Grenze kümmerte, wollte ihm etwas mitteilen.

Das Kommissariat in Heringsdorf und diese polnische Sondereinheit hatten nach Festnahme der Täter in Ückeritz eng zusammengearbeitet.

Nach Austausch vieler Erkenntnisse über diese Tätergruppe kam es zu der überraschenden Feststellung, dass zwischen dem Verkehrsunfallopfer Dariusz Lewkowicz und ihnen eine Verbindung bestanden hatte. Die Spur der festgenommenen Autodiebe führte zu einer Hinterhofwerkstatt in Swinemünde.

Der Chef dieser Hinterhofwerkstatt, ein gewisser Bogdan Szymczak, war bei groß angelegten Observationen im Raum Swinemünde zusammen mit dem erschossenen Peter Brügge, alias Locke, gesehen worden. Bekanntlich war dieser wiederum ein guter Freund des Dariusz Lewkowicz.

Die polnische Sondereinheit war nun dabei, die Verbindungen und Machenschaften dieser Bande zu ergründen. Sie konnte gute Ergebnisse vorweisen.

„Es gibt eine interessante Nachricht!" berichtete der polnische Kollege.

„Wir konnten in der Hinterhofwerkstatt einen offensichtlich gestohlenen weißen VW T6 sicherstellen. Unser Team der Spurensuche war sehr fleißig. Wir haben im Fahrzeug diverse Fingerabdrücke des bei euch verstorbenen Dariusz Lewkowicz gefunden. Außerdem konnten wir auf dem Boden des Fahrgastraumes ein paar Frauenhaare sicherstellen.

Es scheint fast so, dass Dariusz die Leiche, mit der er in Deutschland verunglückt war, zuvor in diesem VW T6 transportiert hatte. Wir führen gerade eine DNA-Untersuchung durch. Ich bin mir sicher, dass wir einen Treffer landen.

Wir haben diesen Bogdan Szymczak etwas unter Druck gesetzt und einen Mord erwähnt. Der ist fast ausgerastet. Damit wollte er nichts zu tun haben.

Er gab allerdings zu, dass Dariusz für ihn diesen VW T6 organisiert hat, wofür der das entsprechende Geld bekam. Das würde die hohe Geldsumme erklären, die Dariusz bei sich hatte.

Komischerweise ist dieser VW T6 nicht als gestohlen gemeldet worden. Ihr solltet euch vielleicht mal mit dem Halter, einem Dr. Hansen aus Heringsdorf, in Verbindung setzen. Entweder hat der noch nichts von diesem Diebstahl gemerkt oder es steckt anderes dahinter."

Hannes bedankte sich bei dem Leiter der polnischen Sondereinheit. Diesen sehr interessanten Neuigkeiten wollte er im Anschluss an den Besuch des Restaurants „Rafaelo" nachgehen.

Katrin war zu ihrer Wohnung gefahren, wo sie von freundlichem Gebell ihrer Hündin Ginger empfangen wurde.

„Na, meine Süße. Geht es Dir gut? Hast Du schön brav auf mich gewartet?" lobte Katrin die fröhliche Fellnase.

„Weißt Du was? Wir machen jetzt einen schönen langen Spaziergang am Strand!"

Es waren nur noch ein paar Stunden bis zum Abend. Den wollte Katrin im gemütlichen „Rafaelo" bei Pizza und Wein genießen.

Der Strandspaziergang zuvor würde ihr sicher guttun. Frische Luft brachte meist klare Gedanken. Außerdem war es jetzt mal Zeit abzuschalten, bevor der kriminalpolizeiliche Alltag sie morgen wieder einholte. Sie freute sich auf das Essen und ein nettes Gespräch mit Dr. Hansen.

Zehn Minuten später tobte Ginger über den breiten Strand von Ahlbeck, jagte Möwen, die zunächst am Boden saßen und bei ihrem Näherkommen in einer majestätischen Leichtigkeit abhoben, so dass die Hündin vergeblich darauf zu lief. Später fischte sie einen Gummiball aus der Ostsee, den ihr Frauchen im gemeinsamen Spiel weit in das Wasser geworfen hatte.

Die Kommissarin war entspannt. Wenn jetzt jemand von ihrer Dienststelle anrufen sollte, würde sie einfach nicht an das Handy gehen. Sie genoss den Moment und wollte diesen durch nichts gestört wissen.

Morgen war ein neuer Tag.

Natürlich freute sie sich, dass sie dann auch wieder auf Hannes traf. Sie nahm sich vor, ihre in den letzten Wochen entstandene Zuneigung zu ihm etwas offensiver zu zeigen. Man konnte nichts verlieren, nur gewinnen. Wenn er ihr eine Abfuhr erteilte, dann war das eben so.

Gespannt war Katrin auf die Geschichte, die Dr. Hansen zu dem Foto auf seinem Schreibtisch erzählen würde. Sie meinte, kurz und sehr leise den Namen „Sina" gehört zu haben.

War das vielleicht die junge Frau, die man auf dem Bild sehen konnte?

Was für ein Schicksal verbarg sich hinter diesem Namen?

Kai Tegge saß in seiner Fischerbude. Er hatte gut die halbe Flasche Korn geleert.

So konnte das mit Martin nicht weiter gehen.

Der besorgte Fischer fühlte sich verantwortlich für den ehemaligen Freund seiner Schwester. Er musste in den letzten Wochen mit ansehen, wie dieser immer mehr abbaute und psychische Auffälligkeiten entwickelte.

Martin beichtete ihm von immer intensiveren Gesprächen mit Sina und verhielt sich dabei wie abwesend. Oft konnte man bei ihm eine Sehnsucht heraushören, seiner Geliebten wieder nahe sein zu wollen. Hieß das, dass er zu ihr ins Wasser wollte?

Der Mann war praktizierender Arzt. Hatte eine verantwortungsvolle Position und behandelte Patienten. Er konnte in diesem Zustand Fehler machen. Sogar nicht wieder gut zu machende Fehler, die zu Schädigungen von seinen Patienten führten.

Beide redeten miteinander, das war gut.

Kai merkte aber, dass sein Einfluss auf Martin gesunken war und dieser sicher nicht auf ihn hören würde, wenn er ihm einen weiteren Weg in eine Therapie empfahl. Sag mal einem Arzt, er soll zu einem Psychiater gehen.

Kai war verzweifelt und goss sich Korn nach.

Der einzige, von dem er glaubte, dass man sich ihm anvertrauen konnte, war der Hauptkommissar Hannes Wittkowski. Ein kluger Mensch. Vielleicht wusste der Rat, ohne dass man gleich einen großen Aufstand machen musste.

„Den ruf ich jetzt gleich mal an!"

„Hey, Kommissario Hannes. Schön, dass Du wieder mal unser Restaurant besuchst. Bist Du allein? Ich habe noch einen schönen Tisch für Dich!"

Wie erwartet trällerte Michele seinem neuen Gast die Worte entgegen und führte ihn mit einladenden Handbewegungen an einen freien Tisch.

„Wie üblich? Pizza Frutti di Mare und ein Glas Rotwein des Hauses?"

Hannes blieb nichts anderes, als mit einem Nicken seine Zustimmung zu geben. Gut 20 Minuten später servierte der Chef des Restaurants eine riesengroße, angenehm duftende Pizza und wünschte ihm einen Guten Appetit.

„Michele? Ich mache es ungern. Aber ich habe eine ganz besondere Frage an dich. Auch wenn sie gegen deine Ehre und deine Diskretion geht. Aber ich komme in einem Mordfall nicht so richtig weiter. Darf ich dich fragen, ob du dich an einen bestimmten weiblichen Gast erinnern kannst?"

Michele runzelte die Stirn. Hannes war ein guter Mensch und bestimmt ebenso guter Polizist.

Warum sollte er ihn nicht unterstützen. Und ein Mordfall auf Usedom? Wenn er da helfen konnte, war es für den Italiener eine Ehre.

„Si Kommissario! Wer soll denn dieser Gast gewesen sein?"

Hannes zeigte Fotos der Unternehmensberaterin Sandra Nägele und Verkäuferin Jana Henke.

Das Gesicht des Gefragten hellte sich auf. Er konnte helfen.

„Diese eine junge hübsche Frau war vor einiger Zeit hier. An die kann ich mich gut erinnern. Mama Mia... was für eine Figur!

Sie saß erst allein an einem Tisch. Dann hatte sie einem Mann am Nebentisch schöne Augen gemacht. Es dauerte nicht lange und er biss an. Er gab ihr einen Prosecco aus, setzte sich zu ihr und beide flirteten heftig miteinander. Kurz darauf haben sie mein Restaurant verlassen. Sie sind zwar nicht zusammen gegangen, aber mir war klar, dass die sich danach noch weitersehen wollten.

Kommissario…wohl jeder kann sich denken, was hinterher passiert ist."

Hannes glaubte, dass sich Michele das dann wohl doch nicht so ganz vorstellen konnte, wenn er an den gewaltsamen Tod dieser Frau dachte.

„Und wer war nun dieser Mann? Kennst du ihn oder könntest du ihn beschreiben."

Diesen Mann kannte der Restaurantchef nur zu gut. Ein Stammgast, der schon seit Jahren regelmäßig kam, immer die teuersten Gerichte bestellte und mit dem Trinkgeld nicht kleinlich war.

Dazu ein angesehener Arzt aus Heringsdorf, was wohl den meisten bekannt gewesen sein dürfte. Weil er schon des Öfteren mit unterschiedlichen Frauen in seinem Restaurant gewesen war, glaubte Michele, dass der Doktor nicht verheiratet war.

„Was sollte dieser Mann mit einem Mord zu tun haben…?" überlegte er.

„Meinen Gast kennen sie bestimmt ganz gut. Es ist Dr. Hansen. Dieser Lungenfacharzt hier aus Heringsdorf. Ein netter und sympathischer Mensch."

Martin lag auf dem Bett im Schlafzimmer seines Appartements in der Seestraße und konnte wieder kaum klare Gedanken fassen. Er verstand die Welt nicht mehr.

Versuchte Kontakt zu seiner Liebsten aufzunehmen, aber die blieb absolut ruhig.

War sie sauer? Warum denn?

Es hatte ihn mächtig verwirrt, als sie in Person dieser Kommissarin in seiner Praxis erschienen war. Ausgerechnet sie fragte ihn nach einem Mordfall aus.

Diese Ähnlichkeit. Die ganze Art, wie sie sich gab. Ihre Augen und ihre Stimme.

Am liebsten hätte er sie in den Arm genommen und nicht wieder losgelassen. Aber das ging ja in der Praxis nicht.

Wie hatte er sich gefreut, als sie seine Einladung zu einem Essen annahm. Endlich würde sie ihm wieder näher sein.

Martin war sicher, dass die Kommissarin sich beim nächsten Zusammentreffen öffnen würde. Dann hätte alles endlich ein Ende. Sie wären wieder ein Paar. Würden sich lieben, wie am ersten Tag vor ganz vielen Jahren. Er könnte ihr in die Augen sehen. Der ganze Schmerz der vergangenen Jahre wäre ab diesem Moment vergessen.

In einigen Stunden hatten sie ihre Verabredung auf der Seebrücke. Da, wo das Unglück seinen Lauf nahm und nicht enden wollte.

Das sollte sich ändern. Sie würden zusammen essen, Wein trinken, lachen, Freude haben.

Martin Hansen und Sina Tegge wären wieder vereint.

Mit diesen Gedanken fiel der Arzt in einen kurzen tiefen Schlaf.

Hannes hatte nun schon zum vierten oder fünften Mal versucht, Kathrin über das Handy zu erreichen. Er bekam keinen Kontakt zu ihr, was ihn ein wenig ärgerte.

Zwei Neuigkeiten wollte er unbedingt mit seiner Kollegin besprechen.

Die Ermittlungen der polnischen Sondereinheit bezüglich des VW T6 und die Mitteilung von Michele, dass zumindest Jana Henke mit diesem Dr. Hansen im Restaurant Essen und später offensichtlich mit ihr losgezogen war, schienen sehr gravierend.

Zwei Hinweise auf den Arzt, die kein Zufall mehr sein konnten. Sein Bauchgefühl schlug Alarm.

Es wäre gerade jetzt sehr interessant gewesen, welche Erkenntnisse Kathrin nach der Befragung dieses Arztes gewinnen konnte. War sie schon bei ihm gewesen?

Obwohl es später Nachmittag geworden war, wollte er doch zur Dienststelle fahren und hier zunächst den Computer quälen, um eventuell näheres über Dr. Hansen herauszubekommen.

Wo wohnte der Mensch? Welche Autos fuhr er? Gab es polizeiliche Anlässe, in denen sein Name aufgetaucht war? Hannes wurde extrem unruhig. Eine Intuition sagte ihm, dass er schnell handeln musste.

Sein Handy begann, die Melodie „we will rock you" zu spielen. Als Queen-Fan hatte er sich diese Melodie heruntergeladen und den Klingelton installiert.

„Wittkowski!" meldete er sich.

„Moin Hannes. Hier ist Kai Tegge. Kann ich dich mal einen Moment sprechen?"

„Natürlich Kai. Schieß los. Gibt es noch Probleme wegen der Frau, die du geborgen hattest?"

„Nein! Die Geschichte dauert etwas länger. Dazu muss ich etwas ausholen!"

Kai, der von seinen Schnäpsen, mit denen er sich Mut angetrunken hatte, nun sehr redselig und offen war, erklärte dem Hauptkommissar einige Minuten lang seine Familiengeschichte sowie die immer noch enge Verbundenheit zu dem damaligen Freund seiner Schwester, Martin Hansen.

Er berichtete von allen Beobachtungen der letzten Wochen, von seinen Sorgen um ihn.

„Ich kann nur hoffen, dass der sich nichts antut?" grübelte Kai.

„Wenn der man nicht anderen etwas angetan hat!" entgegnete sein Gesprächspartner gedanklich.

„Es war gut, dass du mich angerufen hast. Ich bin auf dem Weg zur Dienststelle und werde danach gleich mal zur Praxis Hansen vorbeifahren. Vielleicht kann ich mir dabei einen Eindruck über ihn verschaffen. Zumindest werde ich versuchen, mal mit ihm zu sprechen. Danke dir!"

Hannes beendete das Gespräch. Er konnte gar nicht schnell genug zur Dienststelle kommen.

Das Puzzle fügte sich zusammen. Innerhalb kürzester Zeit bekam der Hauptkommissar von allen Seiten Informationen, die ein Bild erscheinen ließen. Das Bild eines psychisch kranken Martin Hansen, der vor sehr vielen Jahren seine angehende Verlobte durch einen Unfall verloren und dieses schlimme Ereignis nie richtig verarbeitet hatte.

Zwar war ihm alle Unterstützung durch die Familie Tegge sowie vielen Therapien zuteilgeworden. Besserungen hatte das alles offensichtlich nicht gebracht.

Hannes ahnte, dass der Zustand des Arztes in der Ermordung dieser Frauen gipfelte.

Ein Zusammenhang mit Sina Tegge war jetzt naheliegend. Aber aus welchen Motiven heraus ermordete er diese Frauen?

Kathrin ging nicht ans Handy. In der Dienststelle hielt sie sich auch nicht auf.

„He Kollegen, weiß jemand von euch, wo Kathrin zu finden ist? Ich versuche schon länger, sie zu erreichen." rief er durch den Bürotrakt des Kommissariats.

„Die wollte am späten Vormittag zu Ermittlungen in diese Praxis des Lungenfacharztes und sich danach einen entspannten Tag machen." hallte es aus einer Bürotür zurück.

Kathrin hatte nach dem herrlichen Strandspaziergang mit Ginger geduscht und sich sportlich leger in Schale geschmissen. Es sollte kein Date mit diesem Dr. Hansen werden, sondern ein nettes, vielleicht informatives Gespräch. Deswegen wollte sie nicht overdressed erscheinen.

Sie war hungrig und überlegte schon, womit sie ihren Magen beglücken konnte. Das Kalbschnitzel mit Gorgonzolasoße war im Restaurant „Rafaelo" einfach eine Wucht. Oder doch lieber einen Salat Tonno mit anschließender Pizza Diavolo? Auf jeden Fall nahm sie sich vor, einen leckeren Rotwein zu trinken. Ihr war danach. Einfach mal gemütlich und von Rotwein beschwingt den Abend zu genießen. Das Auto konnte sie stehen lassen.

Es waren nur einige Gehminuten von ihrer Wohnung bis zum Restaurant. Das Wetter war einigermaßen gut und sie rechnete auch für den Rückweg nicht mit Regen.

„Der Fußmarsch zum Restaurant war eine gute Wahl!" dachte Kathrin. Konnte sie doch bei der Gelegenheit noch einige Blicke in die Schaufenster der verschiedenen Mode- und Kunstgeschäfte an der Promenade werfen.

„Boah, es wird echt mal Zeit, dass ich wieder in Ruhe shoppen gehe." stellte sie fest.

Eher automatisch fühlte sie die Taschen ihrer Jacke ab und bemerkte, dass sie vergessen hatte, ihr Handy mitzunehmen. Wo hatte sie das nur liegen?

Tatsächlich fiel ihr ein, dass sie es noch vor dem Strandspaziergang in ein Seitenfach ihres Autos gelegt und anschließend nicht wieder herausgenommen hatte. Zurücklaufen wollte sie deswegen jetzt nicht mehr, dann würde sie zur Verabredung zu spät kommen.

Ein Handy brauchte sie an diesem entspannten Abend beim Essen ohnehin nicht. Anrufe oder WhatsApp-Nachrichten würden sie nur in ihrer Konzentration im Gespräch mit diesem Mann stören. Egal. Es war zwar ein komisches Gefühl, so ganz ohne Handy nicht erreichbar zu sein. Aber sie würde es auf dem Rückweg gleich aus dem Auto holen.

Es tat gut, mal nicht auf diesen kleinen Kasten zu gucken.

„Guten Abend, Sina!" grüßte Dr. Hansen, der wenige Meter neben dem Eingangsbereich des Restaurants „Rafaelo" stand und freudestrahlend wartete.

Kathrin runzelte die Stirn.

Hannes verfiel in leichte Panik und fluchte.

„Warum geht diese Frau nicht ans Telefon. Sonst hat sie das Teil bei jeder Gelegenheit in der Hand und scheint viele Kontakte zu haben. Wenn man sie wirklich braucht, erreicht man sie nicht!"

Er hatte kurz zuvor über den Polizeicomputer und im Internet in Windeseile das zusammengesammelt, was es über Martin Hansen an Informationen gab. Laut Einwohnermeldeamt verfügte dieser über eine private Wohnung oberhalb seiner Praxis und einer offenbar als Ferienwohnung für Touristen gedachte

Wohnung in einem Mehrparteien-Komplex in der Seestraße.

Außer Berichte über einen versuchten Praxiseinbruch vor etwa drei Jahren sowie einem Fahrraddiebstahl, den er vor einem Jahr anzeigte, gaben die Computer nichts Weiteres her.

Er war tatsächlich Halter eines weißen VW T6 Campingwagens, der merkwürdigerweise nicht als gestohlen gemeldet worden war.

Nach einer unverschuldeten Kollision mit einem unachtsamen Hobbysegler hatte die Wasserschutzpolizei einen kleinen Tätigkeitsbericht mit seinen Personalien gefertigt, in dem es lediglich um Schadensregulierung ging. Dieser Mann hatte also auch ein Segelboot, dass ihm zur Verfügung stand.

„Praktisch. Damit konnte er die Leichen in der Ostsee entsorgen." dachte Hannes.

Sorgen bereitete ihm das Telefonat, welches er mit einer Sprechstundenhilfe der Arzt-Praxis geführt hatte.

„Ja, ihre Kollegin war heute am späten Vormittag bei Herrn Doktor. Das Gespräch dauerte nicht so lange. Ihre Kollegin war schnell wieder weg. Die Sprechstunde ist für heute beendet. Der Doktor ist leider nicht mehr hier. "

„Haben sie eine Ahnung, wo ich ihn antreffen könnte. Es wäre sehr wichtig, ihn zu sprechen." bohrte Hannes nach.

„Es tut mir leid. Er hat nichts gesagt. Ich habe ihn vorhin aus seiner Wohnung über unserer Praxis weggehen sehen. Entweder ist er in seiner Ferienwohnung, mit seinem Segelboot unterwegs oder er lässt es sich in einem Restaurant gut gehen. Familie oder eine Freundin hat er nicht."

Wo konnte er diesen Dr. Hansen nur antreffen?

Die Gedanken an ihn ließen den Hauptkommissar nicht mehr los. Es war mittlerweile mehr als klar, dass der Arzt der Schlüssel zu allem war. Kathrin war zum Gespräch bei ihm. Sie und der Verdächtige waren nun nicht mehr zu erreichen. Konnte es sein, dass es ein Treffen der beiden gab, das nicht unbedingt einen dienstlichen Bezug hatte?

Hannes wusste, dass Kathrin momentan noch nicht über alle Ermittlungsergebnisse der letzten Stunden informiert war. Wenn es sich bei diesem Lungenfacharzt um den gesuchten Mörder handelte und Kathrin sich in seinem Umfeld befand, war sie womöglich in Gefahr.

Der Weg zum Peenemünder Yachthafen zur Überprüfung des Segelbootes war für Hannes zu weit. In einem kurzen Telefonat bat er einen Kollegen des Heringsdorfer Kommissariats, das zügig zu übernehmen. Sein Bauchgefühl sagte ihm, dass er den Gesuchten in Heringsdorf antreffen könnte, weswegen er zunächst dessen Zweitwohnung in der Seestraße aufsuchen wollte.

Mit Kathrin musste er noch einmal ernsthaft reden. Es war keine gute Einstellung, nicht wenigstens eine kurze Rückmeldung zu ihrem Gespräch mit Dr. Hansen an die Dienststelle abzugeben.

Und noch schlimmer fand er, dass sie seine Anrufe auf ihr Handy ignorierte.

Michele staunte beim Erscheinen seiner beiden neuen Restaurantgäste nicht schlecht. War nicht heute, am frühen Nachmittag, Kommissario Hannes bei ihm und hatte nach dem Doktor gefragt?

Und jetzt stolzierte dieser hoch beglückt in Begleitung der attraktiven Kollegin des Hauptkommissars bei ihm hinein. Natürlich ließ er sich in bekannter Manier an seinen Stammtisch führen.

Es war nicht zu übersehen, dass der Doktor ein Auge auf diese hübsche Frau geworfen hatte. So, wie er sie ansah! Wie er ihr offenbar schöne Komplimente machte, zu denen sie lachte!

Wie sollte man diese Situation verstehen? War das für die Kommissarin ein Arbeitsessen oder hatten beide sich nach einer Vernehmung privat verabredet? Warum nicht? Es war nichts Beunruhigendes für Michele zu erkennen. Deswegen glaubte er, dass die Polizei schon wissen wird, was sie macht.

„Manchmal haben die schon einen guten Job." dachte er.

Obwohl der Doktor etwas älter war, wirkte das Zusammensein der beiden recht harmonisch.

Wenn die Kommissarin auf das Liebeswerben des Doktors hereinfallen würde, wäre sie selbst schuld. Für ihn eine Eroberung mehr auf seiner Liste an attraktiven Frauen, die Michele hier im Restaurant mit ihm zusammen schon gesehen hatte. Für sie vielleicht eine Enttäuschung.

Die Kommissarin hatte sich für Kalbfleisch in Gorgonzolasauce entschieden.

Kathrin war zu Beginn des Treffens verwirrt, denn es fiel gleich zur Begrüßung wieder der Name „Sina". Damit konnte sie nichts anfangen. Warum nannte er sie so?

Geschickt gelang es ihrem Gegenüber, das Gespräch so zu lenken, dass sie nicht dazu kam, weitere Fragen zu diesem Namen zu stellen.

Das musste sie ihm lassen. Martin Hansen konnte sich sehr gewählt ausdrückten, war ungemein charmant und zuvorkommend. Für sein Alter sah er zudem verdammt attraktiv aus.

Ihr Geschmack war dieser Mann nicht. Aber sie glaubte schon, dass die eine oder andere jüngere Frau bestimmt nicht abgeneigt oder auf ein Abenteuer mit ihm aus gewesen wäre.

Trotz allem entwickelte sich bei Kathrin ein leicht unbehagliches Gefühl, denn ihr war nicht entgangen, dass der Arzt phasenweise abwesend wirkte. So, als würde er in einer anderen Welt sein.

Seine Augen fokussierten zeitweise nicht. Er schien zu träumen. Der Mann schwankte in seinem Wesen. Teils überhäufte er sie übertrieben freundlich mit vielen Komplimenten, teils war er in sich gekehrt, kaum ansprechbar, distanziert.

„Manche Ärzte sind schon recht wunderlich." dachte sie.

„Sagen sie mir jetzt etwas zu dem Bild auf ihrem Schreibtisch?" fragte Kathrin, nachdem sie den letzten Bissen des ausgezeichnet zubereiteten Kalbfleisches auf ihrer Zunge zergehen ließ.

„Dafür hatten wir uns doch verabredet. Ich kann meine Neugier nicht mehr verbergen."

„Sina, ich wundere mich, dass du mich das fragst. Das ist eine Fotografie von dir. Hast du dich darauf nicht erkannt? Es ist schon viele Jahre her, als ich das Bild von dir machte. Du warst diese vielen Jahre danach einfach verschwunden.

Ich gebe zu, ein wenig verändert siehst du jetzt verständlicherweise aus. Du bist viel schöner und viel fraulicher.

Mich kannst du nicht täuschen. Ich habe dich gleich erkannt!"

Kathrin verstand die wirr geäußerten Worte des Martin Hansen überhaupt nicht.

Ihr Eindruck war, dass er sie anscheinend verwechselte. Außerdem fand sie es aufgrund ihres steigenden Unbehagens besser, das Treffen zu beenden und wieder nach Hause zu gehen.

Der augenscheinlich psychisch kranke Mann fing an, sie zu Duzen. Mit jeder Minute kam er ihr näher, was sie keinesfalls dulden wollte. Er behandelte sie wie eine sehr gute Freundin, fast wie sein Eigentum. Der Arzt wurde ihr unheimlich.

Hannes würde im Dreieck springen, wenn er erfuhr, dass sie sich aus einer Laune heraus mit Dr. Hansen zum Essen getroffen hatte. Es gehörte sich grundsätzlich nicht, mit Personen, die gerade zu einem Mordfall befragt worden waren, späterhin private Verabredungen zu treffen. Dieser Grundsatz war ihr damals auf der Polizeischule eingebläut worden. Und dagegen hatte sie tatsächlich verstoßen.

„Ich danke ihnen für das Essen. Leider muss ich nun dringend nach Hause.

Bin schon viel zu lange hier gewesen und meine Hündin muss noch Gassi geführt werden."

Der Hauptkommissar hatte sich das Appartementhaus in der Seestraße angesehen, war aber nicht wei-
tergekommen. Das Haus wirkte sehr anonym. Man
konnte erkennen, dass die meisten Wohnungen an
Ferien- oder Kurgäste vermietet wurden.

Es fanden sich kaum Namensschilder an den vielen
Klingeln. Oft konnte man darauf nur die Bezeich-
nung „Wohnung 6, Wohnung 7, Wohnung 8" lesen.
Nirgends gab es einen Hinweis auf Martin Hansen.

Nachdem Hannes wahllos einige Klingeln gedrückt
hatte und niemand öffnete, setzte er sich wieder ins
Auto. Er fuhr zu Kathrins Adresse, die er ihr beim
letzten Bier entlocken konnte.

Ihr Hund Ginger bellte sofort los, als er dort klingelte.
Die Tür blieb allerdings verschlossen. Gerade als er
an der Straße vor ihrem Auto stand und einen ver-
wunderten Blick auf das in der Ablage gut sichtbare
Handy warf, klingelte sein eigenes.

„Kommissario Hannes. Hier ist Michele!"

Rein routinemäßig hatte Hannes ihm seine Visitenkarte beim Besuch vor einigen Stunden hinterlassen.
Natürlich in der Hoffnung, dass dem Restaurantchef
nachträglich das eine oder andere zu seinen Befragungen einfallen würde.

„Was kann ich für dich tun?"

„Ich glaube, sie sollten mal schnell zu meinem Restaurant kommen.

Ihre gutaussehende Kollegin scheint ein paar Schwierigkeiten mit diesem Dr. Hansen zu haben.

Die sind vorhin zum Essen hereingekommen und haben sich zuerst ganz gut unterhalten. Ich habe mich schon gewundert, dass ihre Kollegin mit ihm hier erscheint. Wo sie doch erst vor ein paar Stunden nach dem Doktor gefragt hatten.

Der ist im Laufe der Unterhaltung ihrer Kollegin gegenüber immer komischer geworden. Ich konnte nicht anders und hab das etwas intensiver beobachtet. Ihre Kollegin ist dann plötzlich aufgestanden. Sie wollte gehen. Der Doktor ist ihr gleich hinterhergelaufen, hat sie draußen vor dem Restaurant noch abgefangen. Jetzt stehen die beiden hinten im Bereich des Schiffsanlegers. Ich kann das schlecht einschätzen. Es sieht aus, als würden die beiden streiten."

„Oh Mann, was hat die gemacht. Ist die verrückt?" entfuhr es Hannes.

„Danke Michele. Ich komme sofort zur Seebrücke."

Er setzte sich ins Auto, informierte telefonisch seine Dienststelle, um weitere Unterstützung in Bewegung zu setzen. In weniger als drei Minuten würde Hannes an der Seebrücke sein.

Er kam ihr aus dem Restaurant nachgelaufen und redete wie wild, fast panisch, auf sie ein.

„Bitte geh jetzt nicht. Du warst so lange weg. Ich will dir so viel sagen. Es tut mir leid, wenn das alles zu schnell für dich geht. Lass uns in Ruhe reden!"

Dieser gestandene Arzt wirkte auf Kathrin fast wie ein Kind. Weinerlich, ängstlich, hilflos.

Warum dieser plötzliche Wandel? Warum verhielt er sich so komisch und wer war diese Sina? Das hatte sie immer noch nicht herausbekommen.

Es gab zwei Möglichkeiten.

Entweder würde sie den Arzt stehen lassen und den Abend als „nicht gelungen" abhaken. Oder sie versuchte doch noch ein weiteres Gespräch, in dem sie ihn überzeugen wollte, dass sie nicht die ihr unbekannte Sina war.

Neugier, Misstrauen und eine gewisse Angst vor dem psychopathischen Verhalten des Mannes vor ihr vermischten sich. Sie entschloss sich für das Gespräch.

Beruhigend redete Kathrin auf ihn ein und schlenderte langsam auf die menschenleere Schiffsanlegestelle zu.

„Kommen sie doch mal zu sich. Ich bin nicht diese Sina. Mit der habe ich nichts zu tun und ich kenne sie nicht. Wer soll das denn sein? Bitte, sagen sie es mir!"

Martin Hansen war von Sinnen. Sein Blick schweifte in die Weiten der Ostsee. Er entfernte sich aus der realen Welt. Voller Angst, seine zurückgekehrte Sina erneut zu verlieren.

Er schob ihre Äußerungen beiseite, konnte ihre Zweifel und Einwände verstehen. Sie waren lange nicht mehr zusammen gewesen, mussten sich erst neu aneinander gewöhnen. Es würde eine gewisse Zeit dauern. Natürlich. Aber er würde sie jetzt nicht mehr gehen lassen. Keinesfalls. Sie würden für immer zusammenbleiben. In Liebe vereint.

„Sina, meine Liebe!

Es ist für dich noch alles recht schwer zu verstehen. Ich bin bei dir und werde alle deine Fragen beantworten. Niemand wird dich mir wieder wegnehmen! Ab jetzt passe ich auf dich auf. Was damals passiert ist, wird sich nicht wiederholen.

Es tut mir leid, dass du mit den anderen Frauen, die ich dir gebracht hatte, nicht zufrieden warst. Du wolltest Freundinnen. Es waren wohl nicht die richtigen.

Die See hat sie wieder ausgespuckt. Das habe ich von deinem Bruder Kai gehört.

Ich wollte meinen großen Fehler von damals wieder gut machen, was mir nicht gelungen ist.

Aber jetzt wird alles gut. Ich bin für dich da!"

Kathrins Herz raste. Das Blut rauschte laut hörbar durch ihre Ohren. Es gelang ihr kaum noch, ihre hektischen Gedanken zu sortieren und Ruhe zu bewahren. Sie wusste nun, wen sie vor sich hatte.

Die Gefährlichkeit ihrer Lage schoss der Kommissarin sofort in den Kopf.

„Scheiße!" dachte sie. „Blöder hätte ich mich wirklich nicht anstellen können!"

Wenn es jetzt zu einer Auseinandersetzung mit ihm kommen würde, gab Kathrin sich kaum Chancen. Seinen durchtrainierten Körper hatte sie natürlich bemerkt. Er war ihr klar überlegen, das wusste sie. An die Selbstverteidigungskurse der Polizeischule konnte sie sich kaum erinnern. Vieles davon hatte sie vergessen. Was hätte sie in der momentanen Lage gegen diesen körperlich stark überlegenen Mann anwenden können?

Ihre Verabredung mit Martin Hansen hatte privaten Charakter, weswegen es ihr gar nicht in den Sinn gekommen war, die Dienstwaffe mitzunehmen.

Es musste der Kommissarin gelingen, diesen durchgedrehten Mann aus seiner fiktiven Welt zurückzuholen. Sie hoffte auf einen klaren Moment bei ihm. Eine andere Möglichkeit gab es nicht.

Niemand sonst war in ihrer Nähe. Das Restaurant zwar in Sichtweite, doch die Dunkelheit draußen ließ es nicht zu, dass man aus dem hell erleuchteten Innenraum hinausblicken und irgendetwas erkennen konnte. Hilfe war von dort nicht zu erwarten.

„Eine falsche Reaktion meinerseits und dieser Typ konnte explodieren." vermutete Kathrin.

Was würde er mit ihr anstellen?

Der Hauptkommissar umkurvte zwei in die Straße eingelassene rotweiße Poller und fuhr verbotswidrig in die Fußgängerzone ein, die sich bis zum Anfang der Seebrücke hinzog.

Vorbei an einigen Geschäften erreichte er schließlich den Vorplatz zur Brücke, stellte sein Fahrzeug mittig darauf ab und sprintete los.

Wie weit war es bis zum Restaurant, dessen Spitzdach er aufgrund einer speziell angebrachten Beleuchtung erkennen konnte? Gute 500 Meter. Die würden ihm nichts ausmachen, wenn sicher war, dass es seiner Kollegin gut ging. Nach dem Anruf von Michele musste man jedoch mit allem rechnen.

Er passierte das Schuhgeschäft auf halber Strecke der Seebrücke, erreichte schließlich das Restaurant und wurde von einem aufgeregt winkenden Michele in Richtung der Schiffsanlegestelle geleitet. Dort sah er Kathrin und Martin Hansen stehen.

Der Arzt hatte seine Arme fest um die junge Kommissarin gelegt. Er redete auf sie ein. Trotz mehrfacher Befreiungsversuche gelang es ihr nicht, aus der Umklammerung zu entkommen. Die Lage für Kathrin schien äußerst gefährlich.

„He, Dr. Hansen. Lassen sie meine Kollegin los. Bleiben sie ganz ruhig. Machen sie keinen Fehler!" rief Hannes in seine Richtung.

Der Angesprochene hielt für einen Augenblick inne, analysierte seine Situation und presste die verzweifelt wirkende Kommissarin noch fester an sich.

„Niemand nimmt sie mir wieder weg. Sie ist mein Leben. Sie gehört mir. Wir werden nie wieder getrennt." schrie Hansen ihm entgegen.

Das ungleiche Paar war nur wenige Meter von ihm entfernt, doch Hannes sah keine Chance, einzugreifen. Die beiden mussten vom gefährlichen Anlegerrand weg. Eine falsche Bewegung und sie würden die Brücke herunter ins Wasser fallen.

Es ging einige Meter herunter. Die Ostsee war sehr kalt. Lebensgefährlich für jeden, der dort herunterfallen würde.

Bewaffnet war Hansen offenbar nicht, deswegen ließ der Hauptkommissar seine Waffe im Schulterholster.

„Lassen sie die Frau gehen. Es hat doch alles keinen Sinn. Das ist nicht ihre Verlobte, sondern meine Kollegin. Kommen sie zu sich. Sina ist schon seit vielen

Jahren tot. Ich habe vorhin mit Kai Tegge gesprochen, er hat mir ihre ganze Geschichte erzählt"

Ein Fallen, das für sie eine gefühlte Ewigkeit dauerte.

Dem Aufprall folgte ein Schock, der sie erstarren und glücklicherweise nicht mehr atmen ließ.

Sofort umgab sie eisige Kälte. Alles in ihrem Körper zog sich zusammen.

Kathrin befand sich immer noch in der Umklammerung des Martin Hansen. Der hatte sie in seinem Wahn nicht mehr losgelassen. Weinend und in völliger Verzweiflung riss er sie von der Seebrücke mit in die Tiefe des kalten Wassers.

„Wir gehen jetzt zusammen!" hatte er gerufen. „Und Du bleibst bei mir."

Ihr war bewusst, dass es ein großer Fehler gewesen war, mit dem Arzt zur Anlegestelle zu laufen.

An die Gefahr des Wassers hatte sie nicht im Geringsten gedacht. Ihre Naivität war ihr jetzt zum Verhängnis geworden. Je mehr Hannes auf diesen Psychopathen einredete, umso fester wurde dessen Griff. Er zog sie immer näher an die Anlegekante, bis er sich mit ihr fallen ließ.

Ihre Bekleidung sog sich schlagartig mit Wasser voll. Jede weitere Bewegung wurde schwerer. Es entstand ein Gefühl, als hätte sie schwere Bleigewichte an ihren Extremitäten. Sie strampelte mit den Füßen. Wollte nicht untergehen und versuchte, sich zu befreien.

Ein kurzer Moment. Hansens Kraft ließ nur für wenige Sekunden nach. Das nutzte sie. Kathrin riss ihre Arme hoch, löste damit die Umklammerung und tauchte ab. Sie spürte eine Hand von ihm an ihrer Schulter, er griff zu.

Hustend tauchte sie wieder auf. Dann versetzte sie ihm einen heftigen Schlag mit ihrer Faust ins Gesicht. Nicht wissend, ob oder wie sie traf, wiederholte sie das mehrfach und schrie dabei wie wild.

Sie war umgeben von Dunkelheit und Wasser. Die Kraft ließ durch die Kälte schnell nach.

Löste sich sein Griff von ihrer Schulter? Kathrin nahm es nur noch unterbewusst wahr, fühlte sich erschöpft, konnte nicht mehr, gab sich auf.

Bilder durchliefen ihre Gedanken. Schöne und bunte Bilder. Sie sah viele Menschen. Alles, was ihr die letzten Jahre viel Freude gemacht hatte.

Wenn das jetzt das Sterben war, dann fand sie es wundervoll.

Sie spürte noch einmal einen festen Griff an ihrer Schulter. Dann verlor sie das Bewusstsein.

Die Tür zur Fischerbude öffnete sich und Kai Tegge begrüßte Hannes.

„Schön, dass du vorbeikommst. War bestimmt eine arbeitsreiche Zeit für Euch, oder? Magst du einen Schnaps?"

Die Usedomer Tagespresse hatte über die Ereignisse vor ein paar Tagen sehr ausführlich geschrieben. So etwas hatte es auf Usedom nie gegeben und war schon spektakulär.

„Ich hätte nicht gedacht, dass Martin zu so etwas fähig ist." sagte Kai.

Wenn ich das alles nur vorhergeahnt hätte!"

„Mach Dir keine Vorwürfe, Kai." erwiderte der Hauptkommissar.

„Das konnte niemand ahnen. Der Zustand von Hansen hat sich über Jahre so entwickelt. Du hattest getan, was du konntest. Ihm zugehört, für seine Therapien gesorgt.

Die Liebe zu deiner Schwester Sina war für ihn abgöttisch. Er ist dadurch nicht zur Ruhe gekommen. Dass es mit diesen Morden endete, war dramatisch. Das konnte niemand vorhersehen."

„Wie geht es Deiner Kollegin. Ich habe gehört, sie soll fast ertrunken sein?" fragte Kai besorgt.

„Ja, das wäre fast passiert. Hansen hat sie mit ins Wasser gezogen.

Er rief mir zu, dass er sich von Sina niemals trennen würde. Wie von Sinnen zerrte er an meiner Kollegin, bis beide die Brücke herunterfielen.

Es war stockduster da draußen und ganz schön kalt.

Kathrin erzählte mir später, dass sie dem Arzt ein paar Schläge ins Gesicht verpasst hatte, um sich zu befreien. Ich sprang den beiden hinterher. Sie konnte ich so gerade eben noch an der Schulter zu fassen bekommen. Er trieb ab. Es gab keine Möglichkeit für mich, an ihn heranzukommen.

Die Gefahr, auch in die Ostsee gezogen zu werden, war riesengroß. Mir gelang es, die bewusstlose Katrin bis zu den Pfählen der Brücke zu ziehen. Da habe ich uns beide festgehalten. Nur Momente später kam Michele zur Hilfe. Er war mir vorsorglich hinterhergelaufen. Gemeinsam konnten wir Kathrin aus dem Wasser auf den Anleger ziehen.

Naja, Minuten später waren meine Kollegen vom Kommissariat ebenfalls da.

Hansen muss von der Strömung rausgezogen worden sein. Wir haben ihn nicht mehr finden können. Die Wasserschutzpolizei hat zwar sofort eine Suchaktion gestartet, die blieb jedoch erfolglos.

Zwei Tage später wurde seine Leiche in Swinemünde am Strand aufgefunden." berichtet Hannes.

„Dann ist er Sina doch gefolgt, so wie er es immer gewollt hatte" gab Kai gedankenverloren von sich.

Nach drei gut wärmenden Schnäpsen wollte Hannes sich von dem Fischer verabschieden.

„Sag mal...bevor ich es vergesse. Hast du vielleicht noch etwas von deinem ausgezeichneten Räucherlachs da? Ich habe heute Abend eine Verabredung mit Kathrin.

Sie ist aus dem Krankenhaus entlassen worden und soll sich Zuhause erholen. Ich wollte sie etwas aufmuntern. Wenn ich leckeren Lachs mitbringe, kann ich bestimmt bei ihr punkten."

Kai grinste.

„Na, wenn sich da mal nicht was anbahnt!"

Zeitfracht Medien GmbH
Ferdinand-Jühlke-Straße 7
99095 Erfurt, Deutschland
produktsicherheit@kolibri360.de